Alberto Torres Blandina

Salvador und der Club der unerhörten Wünsche

Alberto Torres Blandina

Salvador

und der Club der unerhörten Wünsche

Roman

Aus dem Spanischen von
Petra Zickmann

Deutsche Verlags-Anstalt

für Cristina

Kapitel eins

Würden Sie mal kurz die Füße heben, damit ich hier kehren kann? Gut so, danke. Nach Indien, stimmt's?

Ganz einfach. Reiseziele sind wie Frisuren, Schuhe … oder Ehepartner. Wir suchen uns die aus, die am besten zu uns passen.

Meine Nichte hat blonde Strähnchen im Haar, liebt hochhackige Schuhe und hat letztes Jahr einen Informatiker geheiratet. Zur Hochzeit waren vierhundert Gäste geladen. Was meinen Sie wohl, wo sie die Flitterwochen verbracht haben? Genau. Entweder in Cancún oder auf einem Kreuzfahrtschiff. Also, sie waren in Cancún. Ihr Mann wird seekrank.

Ja, er ist Brillenträger. Gut kombiniert. Sehen Sie, so schwierig ist das gar nicht. Anfangs glaubt man noch an Zufälle, doch je mehr Leute man kennenlernt, desto klarer wird einem, dass Klischees nicht von ungefähr kommen …

Sie zum Beispiel fahren nach Indien, um sich selbst zu finden. Habe ich recht? Nein, Sie machen nicht den Eindruck, als hätten Sie sich verloren. Aber Sie sind der typische Indienreisende. Seien Sie nicht beleidigt, vorhin haben Sie gesagt, alle Informatiker sind Brillenträger, und jetzt sage ich Ihnen, dass Ihnen *Reiseziel Neu-Delhi* quer über die Stirn geschrieben steht. Nach Indien geht man allein – Sie sind allein – und für mindestens einen Monat – wie mir dieser dicke Rucksack verrät. Aber ich sage Ihnen jetzt schon, dass es immer einen gibt, der drei Monate dort war und Ihnen erklären wird, dass man für nur vier Wochen nicht nach Indien fährt. Und einen anderen, der sechs Monate dort war und sich noch dazu Amöbenruhr oder sonst eine ungewöhnliche Krankheit geholt hat … da kann man dann gar nicht mehr mithalten.

Sie sind frisch rasiert. Weil Sie sich ab jetzt den Bart stehen lassen wollen, stimmt's? Sie starten glatt und rosig wie ein Baby und kommen mit Vollbart zurück. Nach Ihrer Rückkehr werden Sie mit dem Rasieren noch ein paar Tage warten, bis alle Sie gesehen haben.

Verzeihen Sie meine Direktheit … Wenn wir in die Köpfe anderer Menschen schlüpfen könnten, wären wir überrascht, wie wenig anders es dort ist. Erkenne dich selbst, und du kennst alle anderen. Ich mache mich nicht über Sie lustig, ich mache mich über die Menschheit lustig, darüber, wie wir sind … Meine Nichte entschied sich für Cancún aus ähnlichen Gründen wie Sie …

Das glauben Sie nicht?

Sie werden mit einem Bart zurückkommen, und sie kam mit einem Armbändchen zurück. Sie hat von den Daiquiris und der Sonne erzählt, Sie werden von Spiritualität und Karma reden. Sie hat vielleicht Fotos von ihrem Mann in Badehose herumgezeigt, und Sie werden Bilder von diesen entzückenden Kindern mit den geschminkten Augen herumzeigen …

Das ist Kajal, eine aromatische Substanz, die die Sehkraft der Kleinen stärkt ...

Das fragen Sie mich? Ich bin bloß Putzmann. Außerdem ist es schwierig, etwas über Indien zu sagen. Im Grunde lässt es sich nur mit den immer gleichen Sätzen beschreiben: *Es ist eine andere Welt; man muss dort gewesen sein, um sie zu verstehen; es wühlt dich innerlich auf; die spinnen, die Inder,* und so weiter ... das Übliche halt.

Ja, angeblich soll es eine Reise nach innen sein. Ich glaube, das kommt ganz darauf an. Wenn man mit der Absicht hinfährt, etwas zu finden, findet man auch etwas. Und Indien eignet sich zum Wühlen. Es ist eher eine Rumpelkammer als ein Land: ein wildes Durcheinander aus den seltsamsten Menschen, den seltsamsten Bräuchen und den seltsamsten Dingen.

Vor vielen Jahren hatte ich einmal einen Freund, der nach Indien gegangen ist. Er hat sein Leben nicht mehr ertragen, deshalb wollte er fort. Andere mögen das anders sehen, aber mir können Sie glauben, denn ich habe ihn gut gekannt. Er machte sich auf den Weg nach Indien, wie andere sich eine Pistole in den Mund stecken, entschuldigen Sie den Vergleich. Er ging, um ein für alle Mal mit allem abzuschließen. Das ist jetzt ungefähr fünfzehn Jahre her. Damals fuhr man nicht einfach so nach Indien. Heute ist das ganz normal. Es ist richtig Mode geworden. Zu gewissen Hosen passt eine Reise in irgendein exotisches Land eben perfekt, nicht wahr?

Er hieß Eduardo Juesas und war die Zurückhaltung in Person. Sehr korrekt und ernst ... zu ernst, finde ich. Selbst sein Lächeln war eine schiefe Grimasse, von der man nicht recht wusste, wie sie gemeint war. Ich weiß nicht, was ich über ihn gedacht hätte, wenn wir uns hier am Flughafen begegnet wären. Vermutlich das, was alle anderen auch dachten: ein komischer Kauz, so einsilbig, dass es schon an Unhöflichkeit grenzt. Aber ich kannte Eduardo von klein auf und wusste, dass er ein faszinierender Mensch war.

Seine Mutter und er zogen in die Nachbarwohnung. Er war immer ein Einzelgänger und hatte kaum Freunde, doch das machte ihm anscheinend nicht viel aus. Er las viel …

Sehen Sie, wieder so ein Klischee: Wer viel liest, wird mit der Zeit ein bisschen irre. Wie Don Quijote oder Madame Bovary, die am Ende glaubten, das wirkliche Leben sei wie die Romane, für die sie so schwärmten. Aber das wirkliche Leben ist anders, meinen Sie nicht auch? Nicht besser, nicht schlechter, aber anders. Eduardo erging es ähnlich. Womit ich allerdings nicht sagen will, die Bücher seien schuld, wie gewisse Leute behauptet haben. Die Bücher haben Eduardo nicht zum Eigenbrötler gemacht. Weder ihn noch sonst jemanden. Eher umgekehrt, und sein scheues Wesen fand in den Büchern Verbündete.

Der Einfluss seiner Mutter war, offen gesagt, nicht sehr gut für den Jungen. Sie war eine bezaubernde Frau, immer fröhlich, aber als Mutter, ich weiß nicht. Kinder sollten mit Murmeln und Kreiseln spielen … Computerspiele? Nun ja, Kinder sollten sich mit Kinderspielen beschäftigen. Aber Eduardos Mutter behandelte ihn immer wie einen kleinen Mann. Sie nahm ihn mit in Museen, in Bars, ins Grüne zum Meditieren … Ich habe Ihnen noch nicht gesagt, dass sie Fotografin war, und ledig, damit Sie wissen, wovon ich rede. Das Kerlchen hatte keinen Vater. Wenn man ihn fragte, zuckte er mit den Schultern, denn seine Mutter hatte ihm nicht einmal den Namen seines Erzeugers verraten.

»Der Heilige Geist«, antwortete sie mir, als ich das Thema einmal anschnitt. Im Scherz natürlich, obwohl ich es nicht sehr spaßig fand. Aber sie hatte eine so befreiende Art zu lachen …

Ich weiß nicht, wie Sie das sehen, aber ein Vorbild für einen Minderjährigen ist das nicht. Ganz zu schweigen von dem Zeug, das sie rauchte, und den sonderbaren Freunden, die sie mit nach Hause brachte. Jeden Tag einen anderen … Ich sage ja nicht, dass das schlecht ist, da will ich mich gar nicht einmischen. Ich gehöre einer anderen Generation an, und bestimmt wären wir nicht einer Meinung, aber für ein kleines Kind scheint mir ein solcher Lebenswandel kein gutes Beispiel …

Wie dem auch sei, ich will nicht vom Hundertsten ins Tausendste kommen. Eduardo war ein merkwürdiges Kind. Meiner Frau Leonor, möge sie in Frieden ruhen, tat er immer ein wenig leid. Ihrer Ansicht nach fehlte es ihm an Nestwärme. Zwar war seine Mutter sehr liebevoll, das schon, aber ohne Vater, ohne Geschwister, ohne Großeltern aufzuwachsen …

Leo brachte ihm manchmal Kuchen oder lud ihn zu uns zum Fernsehen ein. Erstaunlicherweise hatten sie keinen Fernseher. Doch der Kleine schien nicht sehr empfänglich für Zuneigung zu sein. Soweit ich mich erinnere, war er nur ein paarmal bei uns. Einmal setzte er sich auf den Teppich vor dem Fernseher und stierte wie hypnotisiert auf den Bildschirm. Leo war glücklich und machte in der Küche Kakao.

»Dieser Junge braucht eine Tante«, sagte sie immerzu.

Wir hatten keine Kinder. Arme Leo, dabei liebte sie Kinder so sehr.

Ich kann mich noch genau erinnern: Eduardo, auf dem Teppich, starrt den Fernseher an, und ich, auf dem Sofa, starre Eduardo an. Er blinzelte nicht einmal. Wenn man ihn ansprach, gab er keine Antwort. *Möchtest du noch Kakao?* Und der Kleine völlig gebannt. Es gelang uns nicht, ihm eine Reaktion zu entlocken, bis seine Mutter ihn abholen kam:

»Auf geht's, Eduardo, Abendessen.«

Und ohne ein Wort stand er auf und ging. Am folgenden Tag traf ich ihn im Aufzug.

»Don Salvador«, sagte er, »was da so alles in Ihrem Fernseher war, stimmt das wirklich?«

Ich erwiderte, manche Dinge seien wahr und manche nicht. Sendung für Sendung ging er das Programm durch, und ich musste ihm sagen, was stimmte und was nicht. Danach ging er grübelnd in seine Wohnung. Als Leo ihn wieder einmal einlud, sagte er nur:

»Ich mag Ihren Fernseher nicht. Hinterher kann ich vor lauter Gedanken nicht schlafen.«

»Was denn für Gedanken, mein Schatz?«

»Ich weiß nicht. Gedanken halt. Über das, was auf der Welt so alles passiert.«

Bemerkenswert, der Kleine, was? Er veränderte sich nicht wesentlich, als er heranwuchs. Ein wenig größer, ein wenig Bartwuchs, aber in sich gekehrt wie eh und je. Meine Frau hatte sich schon damit abgefunden, dass sie nicht seine Tante Leo sein würde, und ich, na ja, ihr habe ich das nie gesagt, aber ich weiß, dass der Junge mich als seinen Freund betrachtete. Manchmal erzählte er mir Dinge, die er erlebt hatte, Belanglosigkeiten aus der Schule. Aber für seine Verhältnisse war das sehr viel, das sagte sogar seine Mutter:

»Don Salvador, mit Ihnen redet er mehr als mit mir.«

Und Leo sah mich ein wenig neidisch an.

»Kinderkram«, gab ich zurück.

Aber das wollte ich Ihnen eigentlich gar nicht erzählen, sondern eine Geschichte, die sich abgespielt hat, als er elf Jahre alt war. Wenn ich wieder abschweife, unterbrechen Sie mich …

Es gab in unserem Viertel einen Vorfall, der sogar in der Zeitung stand. Jemand hatte eine Ladung Schrot auf eine Gruppe Jugendlicher abgefeuert. Einer wurde am Bauch getroffen und ein anderer an der Schulter. Zum Glück ist keinem Schlimmeres passiert. Der Schreck und der Aufprall, der ziemlich wehgetan haben dürfte. Es kam nie heraus, wer es war, denn der Täter hatte von einer Dachterrasse aus geschossen und sich schleunigst aus dem Staub gemacht.

Eduardo? Ja, es war Eduardo, aber Sie sollten ihn nicht so vorschnell verurteilen. Das haben Sie nur erraten, weil wir gerade von ihm sprechen. Er war ein ganz normaler Junge, nicht dass Sie glauben, er hätte einen flackernden Blick gehabt oder mit unsichtbaren Wesen gesprochen wie die Irren im Film. Wenn ich von einem dieser Fernsehreporter interviewt worden wäre, hätte ich vermutlich so etwas gesagt wie: *Wer hätte das ahnen können? Er ist doch ein wohlerzogener Junge, der mir immer die Hoftür aufhält und meiner Frau sogar einmal die Einkaufstaschen hochgetragen hat.*

Als ob es unvereinbar wäre, Einkaufstaschen hochzutragen und von der Dachterrasse zu ballern. Tja, aber solche Dinge kommen einem dann in den Sinn. Wir vereinfachen eben alles bis zur Lächerlichkeit.

Ich erfuhr sein Geheimnis durch Zufall. Auf dem Heimweg von der Arbeit – damals arbeitete ich noch nicht hier, sondern in einer Werkstatt – kam ich an einer Gruppe von Kindern vorbei, die aufgeregt miteinander flüsterten. Ich vernahm Eduardos Namen und spitzte die Ohren. Sie sagten, er hätte geschossen. Ich bog um die Ecke, blieb stehen und belauschte sie weiter. Stellen Sie sich vor, sie hätten mich bemerkt, wie peinlich!

»Das hat er wegen der Sache mit Pedrito gemacht …«

»Und was geht ihn das an?«

»Nichts. Der spinnt …«

Viel mehr konnte ich nicht verstehen. Aber ich beschloss, der Angelegenheit auf eigene Faust nachzugehen, wie Jessica Fletcher, hi, hi, kennen Sie die? Das Problem war nur, dass ich nicht wusste, wo anfangen, und so verging einige Zeit, bis ich Eduardo eines Tages im Hof begegnete und ihn ohne Umschweife zur Rede stellte:

»Eduardo, hast du auf diese Kinder geschossen?«

Er erbleichte.

»Nein, Don Salvador.«

Nachdem ich diesen panischen Gesichtsausdruck gesehen hatte, konnte ich ihm nichts mehr glauben. Wie ein Brandzeichen stand es auf seiner Stirn: *schuldig*.

»Na, komm schon, ich verspreche dir, dass ich es niemandem verraten werde. Ich weiß, dass du es warst.«

Der Junge begann zu weinen. Schluchzend bat er mich immer wieder, seiner Mutter nichts davon zu sagen.

»Ich werde es ihr nicht sagen. Aber ich will, dass du mir erklärst, warum du das getan hast. Findest du es normal, auf eine Dachterrasse zu steigen und auf Passanten zu schießen?«

»Ich habe nicht auf Passanten geschossen. Ich habe auf *sie* geschossen.«

Er erzählte mir die Vorgeschichte: Er hatte eine Gruppe von Mitschülern bestrafen wollen, die sich einige Tage zuvor einen Spaß daraus gemacht hatten, Pedrito zu verprügeln, einen Nachbarsjungen mit Down-Syndrom. Auf was für Ideen Kinder doch manchmal kommen! Anscheinend hatten sie ihn an einen Baum gebunden, geschlagen und zum Schluss angepinkelt, während der Kleine brüllte und heulte.

Ich versuchte, Eduardo klarzumachen, dass er sie hätte töten können. Er sprach von Superman. Offenbar kaufte seine Mutter ihm Comics.

In diesem Moment begriff ich, dass er einfach nur ein kleiner Junge mit dem Verstand eines kleinen Jungen war, so erwachsen er uns bisweilen auch vorkommen mochte. Er hatte sich zum Rächer aufgeschwungen, zum Beschützer der Schwachen. Und da er nun mal keine Superkräfte besaß, hatte er zu einer alten Schrotflinte gegriffen, die seine Mutter, zu welchem Zweck auch immer, zu Hause aufbewahrte …

Ach, danach habe ich ihn gar nicht gefragt … Glauben Sie, er hat sich einen Superheldennamen gegeben? *Schrotflintenmann*? Hören Sie auf, das ist nicht zum Lachen. Versetzen Sie sich in meine Lage. Ich wusste nicht, was ich sagen sollte. Also sagte ich, was er von mir erwartete. Das tun wir immer, wenn wir nicht wissen, was wir sagen sollen: Gemeinplätze von uns geben. Insbesondere wenn wir mit Kindern reden. Kinder erwarten nämlich bestimmte Reaktionen von Erwachsenen. Das ist notwendig für ihre Entwicklung. Obwohl wir insgeheim selbst nicht recht daran glauben, wenn Sie verstehen, was ich meine … Ich schimpfte mit ihm und nahm ihm das Versprechen ab, etwas Derartiges nie wieder zu tun.

»Wenn mir so etwas noch einmal zu Ohren kommt, werde ich es deiner Mutter sagen. Für diesmal soll es unser Geheimnis bleiben.«

Wir gaben uns die Hand und besiegelten gewissermaßen ein Abkommen. Er würde keine Dummheiten mehr machen, und ich würde nicht verraten, was ich wusste.

Ich habe mich an meinen Teil gehalten. Er nicht. Ein paar Monate später erschien er mit einem gebrochenen Arm zu Hause. Seine Mutter hatte auf einem Basar einen defekten Fotoapparat gekauft, und die Verkäuferin weigerte sich, ihr das Geld zurückzugeben. Tags darauf betrat Eduardo den Laden und zertrümmerte vor allen Augen ein paar Fernsehgeräte. Er sah keinen Grund, sich zu verstecken. Das war kein Vandalismus. Er hatte damit lediglich die universelle Ordnung wiederhergestellt.

Die Söhne der Verkäuferin brachten ihm bei, warum Superhelden Masken tragen.

Indien? Ach ja, natürlich, wusste ich's doch, dass ich aus einem bestimmten Grund angefangen habe, Ihnen von Eduardo zu erzählen. Nun, das werden wir wohl vertagen müssen, denn soeben wird Ihr Gate geöffnet … Sie begleiten? Na schön, ich bleibe bei Ihnen, solange

Sie in der Schlange stehen, aber ich weiß nicht, ob die Zeit reicht. Ich werde mich beeilen.

Das mit dem – wie haben Sie gesagt? – Schrotflintenmann?, das ging Eduardo nicht mehr aus dem Kopf. Er hörte nicht auf mich und war weiterhin entschlossen, die Welt zu verändern, um sie zu einem besseren Ort zu machen. Zunächst schien er jedoch geläutert und ersetzte die Schrotkugeln durch Worte – habe ich das nicht hübsch gesagt? *Er ersetzte die Schrotkugeln durch Worte*. Erst schrieb er für die Schülerzeitung seines Gymnasiums, und später, an der Universität, gab er eine Zeitschrift heraus, die UTOPÍAS hieß; kein sehr origineller Titel, aber so sind junge Leute nun mal, ständig müssen sie das Rad neu erfinden, und wehe man sagt ihnen, es sei längst erfunden … An der Universität? Er studierte Philosophie … Tja, wo es doch so viel anderes zu studieren gibt …

Ich sagte ihm, ich würde einige Exemplare seiner Zeitschrift zum Flughafen mitnehmen. Da habe ich schon hier gearbeitet … den Job hat mir übrigens ein Freund seiner Mutter besorgt. Also habe ich ihm diesen Vorschlag gemacht, und er war begeistert. Dass man Leser aus anderen Ländern hat, ist anscheinend immer sehr wichtig. Ich finde es ganz egal, woher die Leser sind, Hauptsache, es gibt welche. Es war eine nette Zeitschrift voller Idealismus und guter Absichten. Ein bisschen naiv …

Fünf Ausgaben brachte ich mit hierher, glaube ich. Die einzigen fünf, die erschienen sind. Eines Tages fragte ich ihn:

»Eduardo, gibst du mir keine UTOPÍAS mehr für den Flughafen?«

»Die Zeitschrift ist eingestellt.«

Das sagte er sehr ernst. Er hatte aufgehört zu glauben, dass die Worte die Welt verändern könnten. Er erkannte, dass sein Weg ein anderer war.

Oje, jetzt sind wir schon fast am Gate, und ich schaffe es einfach nicht, auf den Punkt zu kommen. Das geht mir schon mein ganzes Leben so. Leo hat immer zu mir gesagt: *Salvador, du bist eine Quasselstrippe*. Ich hätte mich nicht so lange bei Eduardos Kindheit aufhalten sollen, aber ich wollte, dass Sie verstehen, warum er schließlich in Indien gelandet ist.

Eine Anekdote noch, und sie werden es endgültig begreifen. Die Nachbarn im vierten Stock, ein junges Paar, das vor knapp zwei Jahren ins Haus gezogen war, bekamen Zwillinge. Ich kannte sie nur flüchtig. Eines Tages beriefen sie eine Hausversammlung ein, um den Einbau eines Fahrstuhls zur Diskussion zu stellen. Sie brachten sogar schon den Kostenvoranschlag einer Aufzugsfirma mit.

»Bedenken Sie, was es für mich bedeutet, jeden Tag all die Treppen hoch und runter zu müssen, mit den beiden Kindern und dem Kinderwagen. Mein Mann arbeitet von morgens bis abends, und meine Familie lebt nicht in der Stadt. Was soll ich denn machen? Wir wollen nicht umziehen, wir fühlen uns sehr wohl hier, aber das mit dem Aufzug ist wirklich ein Problem. Außerdem würde dadurch auch alles andere erleichtert. Man könnte den Einkauf hochschaffen, die Gasflaschen …«

Es war sehr teuer, doch die meisten von uns sahen die Notwendigkeit ein. Der Vorsitzende der Hausgemeinschaft dagegen weigerte sich rundweg.

»Ich werde meine Einkäufe und meine Gasflaschen weiter die Treppe rauftragen.«

»Und die Kinder?«

»Meine Kinder sind schon groß.«

»Ich spreche von meinen Kindern.«

»Für Ihre Kinder werde ich dieses Geld nicht ausgeben. Geben Sie doch Ihr eigenes aus. Kaufen Sie sich Ihren Aufzug, wenn Ihnen so viel daran liegt.«

Damit endete die Versammlung. Damals war es noch anders als heute. Wir waren zwölf Hausbewohner und mussten uns einigen, bevor wir irgendetwas unternehmen konnten. Denn wenn einer nicht bereit war zu zahlen, konnte ihn niemand dazu zwingen. Manche unterstützten den Vorsitzenden auch. Das Thema Fahrstuhl war erledigt.

Zwei Wochen später erlitt der Vorsitzende unserer Hausgemeinschaft einen Verkehrsunfall. Ein Auto überfuhr ihn und brauste mit Vollgas weiter. Es gab keine Zeugen. Der Täter hatte mit Bedacht eine einsame, dunkle Straße gewählt. Das war die Lektion, die er von den Söhnen der Basarverkäuferin gelernt hatte.

Fortan war der Vorsitzende von der Taille abwärts gelähmt. Und saß ohne Fahrstuhl im zweiten Stock.

Geschieht ihm recht? Meinen Sie das ernst? Für Sie ist er jetzt eine Figur aus einem Lehrstück. Aber ich habe ihn gekannt. Er war kein schlechter Mensch, auch wenn es so scheinen mag. Letztlich wissen Sie von ihm nichts weiter, als dass er gegen die Anschaffung eines Aufzugs war. Wir sollten einen Menschen nicht nach einer einzelnen Tat beurteilen. Ich nenne Ihnen eine seiner guten: Er hatte sein ganzes Leben lang gearbeitet, um seinem kleinen Bruder eine Ausbildung zu finanzieren. Das ist doch ein schöner Zug, finden Sie nicht?

Es konnte nie ermittelt werden, wer den Mann überfahren hatte. Aber Sie und ich, wir haben einen leisen Verdacht, wer es gewesen sein könnte, stimmt's? Es passierten noch mehr seltsame Dinge, aber das brauche ich jetzt nicht weiter auszuführen. Eduardo hatte sich zu einem ziemlich traurigen jungen Mann entwickelt. Aber jemand, der den Glauben an die Menschheit verloren hat, ist zwangsläufig traurig. Eduardo war der Meinung, der Mensch sei ein grausames Ungeheuer. »Ein tückisches Raubtier«, wie er sagte.

Der Freund seiner Mutter brachte ihn hier bei der Flughafenverwaltung unter. Er hatte ein abgeschlossenes Studium, beherrschte mehrere Sprachen und konnte mit dem Computer umgehen, was zu jener Zeit noch alles andere als selbstverständlich war. Deshalb drückte man ihm keinen Besen in die Hand. Besen sind für Leute wie mich, nicht für Eduardo …

»Haben Sie schon Zeitung gelesen, Don Salvador?«

Immer stellte er die gleiche Frage, um mich dann auf den neuesten Stand zu bringen: In einem Supermarkt explodiert eine Bombe, fünf Jugendliche verprügeln eine Immigrantin, zwei Männer vergewaltigen und misshandeln eine Minderjährige, einem alten Mann wird die Kehle durchgeschnitten, um ihm die Uhr zu rauben, Abwässer verseuchen einen Fluss und töten Hunderte von Vögeln, Kinderhändlerring gesprengt …

»Wie soll ich Kinder in eine solche Welt setzen?«, sagte er immer. »Was wäre ich für ein Vater, wenn ich ihnen so einen fürchterlichen Ort zumuten wollte?«

Ich erwiderte dann, was meine Großmutter, möge sie in Frieden ruhen, so oft gesagt hatte: *Der Mensch ist ein wunderliches Wesen, halb Engel, halb Teufel und zu den entsetzlichsten und großartigsten Dingen gleichermaßen fähig.*

»Hast du nicht gehört, Eduardo, dass ein Junge eine schwangere Frau aus dem Feuer gerettet hat? Er hat sein Leben für sie riskiert.«

Aber Eduardo hatte immer noch etwas auf Lager.

»Tatsächlich? Aber hier: Jugendliche haben einen Klassenkameraden erschlagen. Und weil sie nicht wussten, wie sie die Leiche verschwinden lassen sollten, haben sie sie in Stücke geschnitten, die einer von ihnen dann an seine Hunde verfüttert hat.«

Er war kein schlechter Junge, aber er steckte so voller Hass. Manchmal denke ich, sein Hauptproblem bestand darin, dass er zu sensibel war. Auch wenn es nach einem Widerspruch klingt. Er nahm sich alles so sehr zu Herzen. Wir anderen haben uns daran gewöhnt, Grausamkeiten zu sehen. Aber er konnte sich nicht daran gewöhnen. Er brachte es einfach nicht fertig. Und das vergiftete ihm das Blut.

Das also ist Eduardos Geschichte. Er ging nach Indien, weil er hoffte, dort eine andere Welt zu finden, eine, in der es menschlicher zugeht. Es waren andere Zeiten. Die Leute stellten sich Indien wie ein unberührtes Land vor, in das die moderne Zivilisation noch nicht vorgedrungen war. Einen Ort der Solidarität, fernab der kapitalistischen Gesellschaft und der Engstirnigkeit, die er in UTOPÍAS so scharf kritisiert hatte …

Hallo, Señorita Lidia, schon aus dem Mutterschaftsurlaub zurück? Wie schnell die Zeit vergeht … Wie geht's der Kleinen? Das freut mich. Ich unterhalte mich hier gerade mit einem Freund, der nach Indien will.

Ist sie nicht bildhübsch? Sie werden mit unserer hübschesten Stewardess fliegen …

Wir stellen uns hier an die Seite, dann stören wir nicht. Und wenn die anderen abgefertigt sind, dann geht mein Freund auch. In Ordnung?

So haben wir noch einen Moment. Ich erzähle Ihnen das Ende, obwohl die Geschichte hier eigentlich erst richtig anfängt.

Eines Tages kam Eduardo auf mich zu und sagte:

»Eine Zigarette, Don Salvador?«

Ich rauche eigentlich nicht, aber ab und zu … Ich sagte Ja, und wir gingen in den Raucherraum. Er erzählte mir, dass er seinen Job gekündigt habe und nach Indien gehen wolle. Eine Woche zuvor hatte man in einer Flughafentoilette einen bewusstlosen Mann gefunden. Mehreren Zeugen zufolge war dieser sturzbetrunken gewesen und hatte vor aller Augen seine Frau beleidigt und herumgestoßen. Als er auf die Toilette ging, hatte ihm dort jemand deutlich gemacht, dass man so nicht mit einer Frau umspringt. Die Tracht Prügel hätte ihn um ein Haar das Leben gekostet. Eine Rippe hatte sich in die Lunge gebohrt. Eduardo sah vermutlich ein, dass es so nicht weitergehen konnte. Er kaufte sich ein Ticket, sagte seiner Arbeit Lebewohl und verschwand nach Indien.

Und so stand Eduardo, der einsamste Mensch, der mir je begegnet ist, mit seinem Rucksack genau hier an dieser Stelle und verabschiedete sich von mir.

»Sei vorsichtig, Eduardo«, sagte ich. »Iss keinen Spinat, dieses Jahr war der Monsun zu früh, und du kannst dir Amöben holen.«

Und Ende der Geschichte.

Bitte schön, Señorita Lidia, hier haben Sie ihn. Passen Sie gut auf ihn auf.

Ob er in Indien gefunden hat, was er suchte? Nun, ich weiß nicht, wie ich es sagen soll. Etwas hat er jedenfalls gefunden. Aber das ist eine andere Geschichte. Eine, an die ich mich nicht gern erinnere.

Nächstes Jahr, wenn Sie wieder Urlaub haben? Tut mir leid, aber das wird nicht gehen. Ich bin bald im Ruhestand. In dreiunddreißig Tagen, um genau zu sein.

Gute Reise… Tschüss, Señorita Lidia. Auch Ihnen einen angenehmen Flug.

Kapitel zwei

Das sollten Sie lieber nicht tun. Das Buch als Fächer benutzen, meine ich. Es sei denn … aber ich glaube nicht, dass das in Ihrem Fall zutrifft. Ich habe das schon andere tun sehen, und die waren nicht wie Sie. Man sah ihren Augen an, was sie vorhatten. Wenn man seit so vielen Jahren die Leute beobachtet, weiß man, was sie sagen werden, noch bevor sie den Mund aufmachen.

Lesen Sie lieber weiter, oder, wenn Sie keine Lust mehr haben, stecken Sie das Buch in die Tasche. Um Missverständnissen vorzubeugen. In einem Flughafen ist es nicht heiß. Weder zu heiß noch zu kalt. Warum also sollte man sich mit einem Buch Luft zufächeln? Es könnte falsch aufgefasst werden …

Sie wissen nicht, wovon ich spreche, stimmt's? Dann weiß ich gar nicht, ob ich es Ihnen überhaupt erzählen darf … das mit dem Pakt. Diskretion ist das oberste Gebot. Der Mann, von dem ich es erfahren habe, schärfte mir ein, sorgsam abzuwägen, wem ich es sage und wem nicht. Es ist besser, wenn nicht zu viele Leute eingeweiht sind. Das Geheimnis soll sich zwar durchaus herumsprechen, aber ganz allmählich und nur unter denjenigen, die es verstehen und anzuwenden wissen.

Er war um die dreißig und auf dem Weg nach Mailand. Geschäftlich, wie er mir sagte. Ich weiß noch genau, was er sagte: *Es gibt Leute, die sich wünschen, dass dieser Pakt existiert, und andere, die ihn für baren Unsinn halten. Sie sind leicht voneinander zu unterscheiden. Falls Sie sich jedoch einmal irren und einem der Unwissenden davon erzählen sollten, macht das vermutlich auch nichts, weil der Ihnen sowieso nicht glauben wird. Er wird annehmen, Sie seien entweder verrückt oder pervers. Auf den Gedanken, dass es eine solche Übereinkunft tatsächlich geben könnte, wird er gewiss nicht kommen.*

Das hat er vielleicht nicht wortwörtlich so gesagt, aber mit demselben Nachdruck.

Ja, immer mit der Ruhe, ich werde es Ihnen erzählen. Um wie viel Uhr geht Ihr Flug? Ah, das ist gut, dann habe ich genug Zeit.

Nach Istanbul, nicht wahr?

Selbstverständlich bin ich ein guter Beobachter, immerhin fege ich schon seit zwanzig Jahren diesen Flughafen und begegne den unterschiedlichsten Leuten. Aber das entnehme ich nicht Ihrer Kleidung, Ihren Augen oder sonst einer Besonderheit. Sondern einfach der Tatsache, dass Sie hier im Wartebereich für den Flieger nach Istanbul sitzen.

Was gibt es da zu lachen?

Der Flughafenpakt.

Ich habe, wie gesagt, durch einen Mann davon erfahren, der nach Mailand unterwegs war. Gut gekleidet und sehr attraktiv. Schwarzer Anzug und Rasierwasserduft. Sie wissen schon, welchen Typ Mann ich meine. Er erklärte mir, dass es einen Pakt gibt, ein geheimes Abkommen, denn nur die lohnen sich wirklich. Ohne legale Schlupflöcher. Ohne irgendwelche Tricks. Einen Pakt, der …

Bevor ich fortfahre, sollten Sie wissen, dass ich Ihnen das zu Ihrem Schutz erzähle, damit Sie nicht mit dem Buch herumwedeln, ohne sich über die möglichen Konsequenzen im Klaren zu sein.

Der Pakt hat eine eigene Zeichensprache, und diese Geste, dieses Fächeln mit einem Buch, ist eine der heikelsten. Wenn jemand, der den Code kennt, Sie dabei beobachtet, könnte er denken, Sie …

Ja, ich komme zur Sache. Ich wollte mich lediglich im Voraus entschuldigen für das, was ich Ihnen sagen werde. Sie sehen zwar nicht aus wie ein Mädchen, das sich leicht aus der Fassung bringen lässt, aber man kann ja nie wissen.

Nun denn: Beim Flughafenpakt handelt es sich um eine Zeichensprache, die schlicht der Verabredung zum Sex auf der Toilette dient. Schauen Sie mich nicht so an. Und halten Sie es bitte nicht für einen Annäherungsversuch meinerseits … Ich könnte fast Ihr Großvater sein.

Nein, nein, ich übertreibe keineswegs, aber vielen Dank.

Bei genauerem Hinsehen ist das mit dem Pakt eigentlich ganz logisch. Anfangs konnte ich es mir auch nicht recht vorstellen. Doch dann begann ich darauf zu achten und begriff, dass es sich um eines dieser Phänomene handelt, die man erst wahrnimmt, wenn einen jemand darauf aufmerksam macht, sodass man sich hinterher verwundert fragt, warum man eigentlich nicht von selbst darauf gekommen ist, wo man es doch die ganze Zeit unmittelbar vor der Nase gehabt hat. Als der Wischmopp patentiert wurde, hatten bestimmt viele Leute ein ähnliches Gefühl.

Ein Lappen mit Stiel … Und ich arbeite mich mein Lebtag krumm und bucklig!

An einem Ort wie diesem gibt es viele Männer und Frauen, die allein sind. Sie leben Hunderte von Kilometern voneinander entfernt. Für gewöhnlich sprechen sie nicht einmal dieselbe Sprache. Es ist so leicht … Wir haben doch alle gern Sex, Sie etwa nicht?

Ehepartner? Auf dem Flughafen hat man keinen Ehepartner. Es sei denn, er oder sie ist physisch anwesend, dann schon. Aber sonst nicht. Das Leben ist weit weg. Auf dem Flughafen dehnt sich der Raum aus. Kaum hat man die Halle betreten, ist man in einer anderen Welt, Lichtjahre von seinen Sorgen, an einem Ort, wo man niemanden kennt und wo niemand über einen urteilt. Wo man keine andere Vergangenheit hat als die, die man gerade erfindet, und keine andere Gegenwart als den Wartesaal … und das Warten kann sich sehr lange hinziehen.

Ich habe die Theorie, dass unser Verhalten die meiste Zeit auf unsere Mitmenschen ausgerichtet ist: um gewisse Erwartungen zu erfüllen, einen guten Eindruck zu machen, Gerüchte zu entkräften … So vieles, nach dem wir uns sehnen und das wir uns verkneifen, aus lauter Angst, es könnte herauskommen!

Hier auf dem Flughafen sind die Menschen abgeschnitten von ihrem Alltagsleben und somit endlich einmal frei. Inmitten von Unbekannten sind Sie allein.

Richtig allein, wie Sie es sonst selten sind. Es ist so gut wie unmöglich, dass Ihr Mann jemals erfährt, was Sie auf einem Flughafen getan oder gelassen haben. Fast als wäre nichts passiert. Taten gewichtet man nach ihren Folgen. Gibt es keine Folgen, wird die Tat federleicht und verfliegt. Spüren Sie das nicht? Es gibt keine Verbindlichkeiten. Alle Zwänge sind hier außer Kraft gesetzt.

Sie halten das für eine Großstadtlegende, wie die von der Anhalterin, die in einer Kurve ums Leben kam und deren Geist jetzt den Lastwagenfahrern erscheint. Nun, ich sagte ja schon, dass ich es anfangs auch nicht glauben wollte. Aber schauen Sie sich all diese Leute an. Ich würde sagen, je länger man darüber nachdenkt, desto augenfälliger wird es. Und vielleicht sehen Sie ja eines Tages jemanden die Zeichensprache anwenden … und wer weiß, womöglich fassen Sie sich dann sogar ein Herz, hi, hi …

Ach so, der Code. Ich habe Ihnen noch nicht gesagt, wie er funktioniert. Ganz einfach. Zu einfach, fast schon intuitiv. Auf einem Flughafen hat man immer ein Buch dabei, einen Reiseführer, einen Roman, eine Zeitschrift. Was auch immer.

Die Geste des Luftzufächelns war von jeher eine weibliche Verführungsgeste. Die Frau versteckt ihr Gesicht halb hinter dem Fächer, den sie sanft hin- und herbewegt, und dabei sieht sie den Mann an und fordert ihn mit den Augen auf zu ergründen, was sie so offenkundig zu verbergen sucht … Das meine ich. Sie fächeln sich mit dem Buch Luft zu und heften den Blick wie beiläufig auf Ihren Auserwählten. Wenn dieser den Pakt kennt, wird er sehr schnell verstehen, was Sie ihm sagen wollen: *Ich würde dich gern in fünf Minuten in der*

Herrentoilette treffen. Es findet immer in der Herrentoilette statt, das ist unkomplizierter, ich brauche Ihnen wohl nicht zu erklären warum.

Lachen Sie mich nicht aus. Ich habe das nicht erfunden. Ich schwöre Ihnen, dass ich es genau so wiedergebe, wie man es mir erzählt hat. Sie haben mit dem Buch gewedelt, und ich dachte, Sie hätten ein Recht zu erfahren, auf welche Ideen Sie jemanden mit schmutziger Fantasie damit bringen könnten …

Die Antwort des Mannes? Nein, er wird nicht auf Sie zukommen, um mit Ihnen zu plaudern. Er wird Ihnen auch mit einer Geste antworten. Am besten, Sie sprechen überhaupt nicht. Keine Namen, keine Adressen. Je weniger einer vom anderen weiß, desto besser. Wenn er Ihr Angebot annimmt, legt er sein Buch in den Schoß und lächelt Ihnen zu. Etwa zwei Minuten später wird er aufstehen und weggehen. Sie wissen schon wohin.

Eine ablehnende Geste gibt es nicht. Das überrascht Sie? Aber das heißt doch nicht, dass man jederzeit darauf eingehen muss. Die Regel lautet: keine unangenehme Situation entstehen lassen. Denn jemanden abzuweisen oder abgewiesen zu werden, bringt einen ja in Verlegenheit.

Der andere würde in diesem Fall einfach so tun, als hätte er nichts bemerkt: Er würde weiterlesen, sich abwenden, Ihnen auf irgendeine Weise den Eindruck vermitteln, dass er den Pakt nicht kennt, und Ihnen somit jede Peinlichkeit ersparen.

Sie lächeln. So langsam dämmert Ihnen, dass die Existenz eines solchen Paktes sehr viel wahrscheinlicher ist als seine Nichtexistenz. Wo sehen Sie hin? Suchen Sie jemanden mit einem Buch in der Hand?

Man hat das Gefühl, die Innenarchitekten hätten den Pakt im Sinn gehabt, als sie diese weitläufigen Säle in den Flughafenhallen entwarfen, die man bis in die letzte Ecke überblicken kann und wo man jeden einzelnen Reisenden im Auge hat.

Jetzt wollen Sie mich aber auf den Arm nehmen, junge Dame! Wie können Sie anfangen zu fächeln und dabei diesen Blonden mit der Gelfrisur ansehen! Woher der wohl kommt? Ich wette, er ist Deutscher …

Lachen Sie nicht, das ist nicht witzig. Und wenn er den Pakt kennt und Ihnen antwortet? Was wollen Sie dann tun? Treiben Sie mit diesen Dingen keinen Unfug … außerdem, sehen Sie hin, er hat weder Buch noch Zeitschrift noch sonst irgendetwas dabei. Höchstwahrscheinlich hat er von der Geheimsprache keine Ahnung.

Jetzt hören Sie schon auf zu lachen. Ja, Sie haben mich ein bisschen nervös gemacht. Das beweist nur, dass ich Ihnen nichts vormache. Ich nehme diese Angelegenheit sehr ernst.

Versprechen Sie mir, dass Sie nicht jedem erzählen werden, was ich Ihnen gesagt habe. Geben Sie es nur an diejenigen weiter, die es auch verstehen können. Versprechen Sie mir das? Danke.

Nein, ich habe es nie ausprobiert. Aus diesem Alter bin ich raus. Außerdem kenne ich hier Hinz und Kunz. Ich fege diesen Flughafen schon seit vielen Jahren. Für mich ist das weder die Vorhölle noch Niemandsland. Es gehört zu meinem Alltag.

Und jetzt werde ich weiter kehren. Ich hoffe, Istanbul gefällt Ihnen. Es ist eine wunderschöne Stadt. Der

Gebetsruf des Muezzins hat fast etwas Magisches. Er zwingt einen innezuhalten, die Augen zu schließen und sich der schwermütigen, beschwörenden Melodie hinzugeben. Es ist der schönste Klang, den ein Mensch je vernommen hat, mit Ausnahme von Odysseus, der dem Gesang der Sirenen lauschte und überlebte. Sie kennen Odysseus nicht? Keine Sorge, ich werde jetzt nicht mit einer neuen Geschichte anfangen …

Ich heiße übrigens Salvador Fuensanta. Sehr erfreut, Sie kennenzulernen. Und wenn Sie mich jetzt bitte entschuldigen.

Kapitel drei

Wo genau er gestorben ist? Tja, was soll ich Ihnen sagen? Natürlich kenne ich die Geschichte, ich arbeite schon seit vielen Jahren auf diesem Flughafen. Tatsächlich bin ich der Dienstälteste hier. Als ich anfing, war alles noch ganz anders. Das können Sie sich überhaupt nicht vorstellen. Die Landebahnen waren Lehmpisten, und es gab kaum Flüge. Die Flugzeuge … Nicht im Traum würden Sie heute in so eines einsteigen. Und die Leute waren sehr elegant. Klar, denn nur die Reichen konnten sich ein Flugticket leisten. Das war ein echter Luxus.

Wie Sie sehen, kenne ich diesen Flughafen gut. Jede seiner Geschichten. Ich wundere mich nur, dass Sie ausgerechnet diese kennen. Ich dachte, Jussi Latvala wäre ein fast unbekannter Schriftsteller.

Im Ernst? Sie waren Arbeitskollegen, und sie hat Ihnen Verse dieses finnischen Dichters hinter den Scheibenwischer geklemmt? Na so was, dann haben Sie sich dank der Worte Jussis in Ihre Frau verliebt … Ich habe einige gelesen. Sie sind sehr bewegend, wenn auch nicht wirklich Liebesgedichte … Nur aus Neugierde: Wo hatten Sie die Gedichte her? Ich glaube, sie wurden nie auf Spanisch veröffentlicht.

Aus dem Internet, natürlich. Das Internet erreicht jeden Winkel.

Also, wenn es Sie wirklich interessiert, kommen Sie mit mir. Es war ein Stück weiter da drüben. Ist das so wichtig? Nein, nein, kein Problem. Hier war es … Er saß auf diesem Stuhl, von dem aus man die Startbahn beobachten kann. Alle dachten, er schliefe, aber in Wahrheit war er tot. Er saß hier fast vier Tage lang tot auf dem Stuhl. Unglaublich, nicht wahr? Er wartete auf ein Flugzeug, das ihn zurück nach Helsinki bringen sollte. Das hat er dann natürlich nicht mehr nehmen können. Seltsam, da stirbt einer, und kein Mensch bemerkt es. Jeder ist mit seinen eigenen Angelegenheiten beschäftigt.

Stellen Sie sich nur mal vor, wie viele Leute neben ihm gesessen haben müssen, denn diese Plätze hier sind die besten, man kann die ganze Startbahn überblicken. Mütter mit ungezogenen Sprösslingen: *Kind, lass den Herrn in Ruhe, er will schlafen.* Knutschende Pärchen. Manager, die an ihrem Laptop arbeiteten. Alle haben an seiner Seite gesessen, und niemandem fiel auf, dass der arme Kerl nie wieder aufwachen würde …

Sie wollen ein Foto machen? Ich glaube nicht, dass er bedeutend genug war, um den Stuhl zu fotografieren, auf dem er gestorben ist. Kaum jemand kennt ihn. Er war kein so großer Dichter, bloß ein Hobbypoet mit einigem Geschick im Aneinanderreihen von Wörtern …

Sie halten ihn für den besten Dichter aller Zeiten? Sie möchten Finnisch lernen, nur um ihn im Original lesen zu können?

Dann weiß ich gar nicht, wie ich es Ihnen beibringen soll … Was genau wissen Sie denn über Jussi Latvala?

Ja, das stimmt. Er war ein junger Mann, der sich seinen Lebensunterhalt als Journalist verdiente. Aber er wollte mit seiner Poesie berühmt werden. Er schrieb einen Lyrikband mit dem Titel *Die Generation der Kälte*, vermutlich, weil es in Helsinki so kalt ist … Genau: *Für gewöhnlich trage ich eine Pistole bei mir / Im Allgemeinen zähle ich bis drei: eins, zwei … und drei / Normalerweise drücke ich nicht ab.*

So richtig schön ist das nicht, das müssen Sie zugeben. Sich wegen seiner Dichtung zu verlieben, ist schon ein wenig sonderbar, aber das ist Ihre Sache …

Ich habe einmal für meine Frau Leonor ein Gedicht auf eine Karte geschrieben und es ihr mit einem Strauß Rosen zu unserem Hochzeitstag geschenkt. Aber das war etwas anderes, ein ganz kurzes Gedicht von Becquer, mit Reimen und zärtlichen Worten …

Jussi ist für meinen Geschmack zu aggressiv und zu pessimistisch. Kennen Sie das vom Schlangenmenschen? *Ich verfluche diesen absurden Formalismus der Regeln für menschliches Benimm* – Herrje, Sie kennen sie alle … – *Meine Seele, zu verängstigt, sich auf ihre eigenen Schultern zu schwingen / Welcher blöde Dichter sie wohl lehrte, dass sich das Wort fallen auf Gläser und Seelen anwenden lässt? / Ich verfluche meinen Körper, erstarrt in den verkrampften Posen, die das Protokoll des Menschseins erfordert.*

Na ja, ich bin nicht gerade ein Bewunderer von ihm. Ja, ich kenne fast alles, was er geschrieben hat, aber nur weil …

Was er später geschrieben hat? Ich dachte, es gäbe nur ein einziges Buch. Miia Hakala? Ah, jetzt weiß ich, was

Sie meinen. Weil sein Lyrikband völlig unbeachtet blieb, verfiel Jussi in Depressionen und zog in den Norden an den Oulu-See. Dort begann er mit einem Zyklus erotischer Gedichte, die er Miia Hakala widmete. Den Medien gegenüber behauptete er, Miia Hakala sei eine Dreizehnjährige, mit der er eine heiße Liebesaffäre gehabt hätte. Genaueres wollte er nicht verraten, um die Intimsphäre

des Mädchens zu schützen, allerdings boten die Gedichte ziemlich viele intime Einzelheiten. *Vom Leberfleck auf deinem Bauch bis zur Ohnmacht deines Höhepunktes / Wirfst du, dahingekauert, die starren Figuren der Sittsamkeit von ihrem Sockel / befreist mit einer unzüchtigen Geste die Menschheit von Jahrhunderten der Scham* … Hier höre ich lieber auf, denn was jetzt kommt, ist beinahe pornografisch. Zu intime Details über ein kleines Mädchen, finde ich, denn es gibt Dinge, über die man nicht spricht. Was geht es mich an, wo sie diesen Leberfleck hatte oder durch welche seltsamen Praktiken sie erregt wurde? Wie dem auch sei, der Verkaufserfolg des Buches übertraf alle Erwartungen, und als Jussi im Fernsehen interviewt wurde, gab er zu, dass alles gelogen war und Miia Hakala gar nicht existierte, er habe sie nur erfunden, um auf sich aufmerksam zu machen. Das war ihm gelungen. Manchmal ist der Reiz des Verbotenen mächtiger als das Wort. Jussi wollte beweisen, dass sogar Poesie zum Modeartikel werden kann, wenn man nur die geeignete Verkaufsstrategie einsetzt: Miia. Auch das war ihm gelungen.

Ein Arbeitskollege von mir, ein junger Mann namens Pau, war der Ansicht, heutzutage gäbe es keine Kunst mehr.

»Künstler brauchen zuerst eine Ausbildung in Werbung und Marketing, noch bevor sie lernen zu schreiben, zu malen oder was auch immer sie tun wollen. Die Zeiten haben sich geändert. Den Künstlern bleibt nichts anderes übrig, als sich anzupassen oder den Beruf zu wechseln. Schon Darwin warnte: Ergib dich dem ständigen Wandel, oder mach dich anderweitig nützlich, als Dünger auf dem Feld, zum Beispiel.«

Pau hatte einen ziemlich schwarzen Humor. Schade, dass Sie ihm nicht begegnet sind, denn es wird Sie sicher interessieren, dass …

Wie bitte? Nein, ich war gerade im Urlaub, als es passierte … Nein, ich weiß nichts Näheres. Man stellte fest, dass er tot war, und brachte ihn weg. Niemand wusste, wer er war. Das fand man erst später heraus.

Hören Sie, ich halte es für keine gute Idee, so viele Fotos zu machen. Es ist nur ein Stuhl. Abgesehen davon war es vielleicht gar nicht dieser, hundertprozentig weiß ich es auch nicht. Vielleicht ist er nicht einmal auf diesem Flughafen gestorben …

Ganz sicher? Na gut, wenn Sie sich so sicher sind, dann will ich still sein. Obwohl ich glaube, dass es einiges gibt, das Sie nicht wissen …

Sie fliegen nach Helsinki, um sein Geburtshaus zu besuchen und seine Werke im Original zu kaufen? Klar, Sie wollen ja Finnisch lernen. Es wird schwierig sein, eine Sprachenschule zu finden, in der man Finnisch lernen kann … Ach, Sie haben schon eine gefunden, und Ihre Unterkunft ist im selben Haus. Hoffentlich haben Sie die Kursgebühr noch nicht bezahlt … Doch?

Möglicherweise wird das, was Sie in Finnland vorhaben, nicht so leicht, wie Sie denken. Was ich Ihnen jetzt sagen werde, kommt Ihnen wahrscheinlich sonderbar vor. Ja, es wird Ihnen sogar extrem sonderbar vorkommen … Ich habe Ihnen doch von diesem Kollegen erzählt, der einmal hier mit mir gearbeitet hat, Pau, ein reizender Junge, der Künstler werden wollte. Künstler, ganz allgemein, wie er sagte, von allem ein bisschen. Nun, ich habe Ihnen nicht ohne Grund von ihm erzählt. Dieser junge Mann, der in Finnland verliebt war und Einfälle hatte, bei denen man sich immer fragte, wie er

darauf kam, verrückte Ideen, wie sie die Jugend nun einmal hat …

Wohin? Können Sie nicht warten, bis ich zu Ende erzählt habe? Na schön. Gute Reise … Ja, ich werde vorschlagen, den Stuhl mit einer Plakette zu versehen: *Hier starb der große finnische Dichter Jussi Latvala.*

Ziehen Sie sich warm an. Und genießen Sie die Sonnenuntergänge in Helsinki. Sie dauern manchmal Stunden. Je nach Jahreszeit. Aber sie sind immer ein großartiges Schauspiel.

Kapitel vier

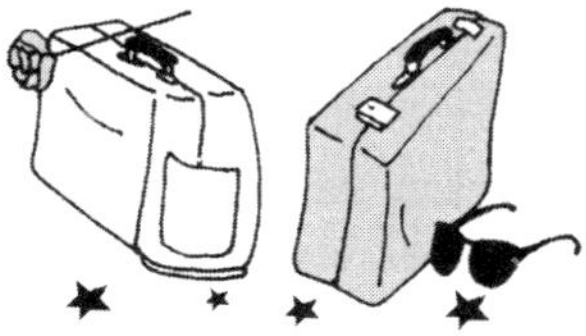

Hallo, Sara … das Übliche, einen koffeinfreien Kaffee … Wie macht sich der neue Kollege? Er wirkt sympathisch, aber ein bisschen hilflos, er hat schon zwei Tassen zerbrochen … Na ja, das ist doch klar. Natürlich vermissen Sie Marina. Schließlich habt ihr beiden zwei Jahre lang Seite an Seite gearbeitet und seid gute Freundinnen geworden. Und Marina ist ein echter Schatz. Aber Sie wissen doch auch, dass das kein Job fürs Leben ist. Früher oder später seid ihr alle fort. Sie haben doch selbst erst vor ein paar Tagen gesagt, Sie wären gern Verkäuferin in einem Kleiderladen und dass Sie ein paar Bewerbungen losgeschickt haben … Sie werden hier weggehen wie alle anderen auch. Das ist normal. Kellnerin in einer Flughafencafeteria ist eine sehr anstrengende Arbeit. Keine Sekunde Zeit zum Verschnaufen.

Das ist der Lauf der Dinge, die einen gehen, andere kommen. Namen, die man gelernt und eines Tages unversehens wieder vergessen hat.

Ich? Da haben Sie recht. Ich bin immer noch da. Ich habe fast mein ganzes Leben hier verbracht … Aber das kann man nicht vergleichen. Mein Job ist wesentlich ruhiger. Ich kann es mir einteilen. Ich kann jederzeit eine Zigarette rauchen oder einen Kaffee trinken. Hinterher arbeite ich zum Ausgleich ein wenig schneller, und das war's. Außerdem wusste ich als Kind nie recht, was ich sagen sollte, wenn ich gefragt wurde: *Und du, Salvador, was willst du denn mal werden, wenn du groß bist?* Es war mir eigentlich egal. Ich wollte mein eigenes Geld verdienen und eine Schulkameradin heiraten, die bildhübsch war. Eine, die in der ersten Reihe saß und auf jede Frage der Lehrerin die Hand hob. Vielleicht war sie mir deshalb aufgefallen, weil ich nie etwas wusste und staunte, dass sie immer die richtige Antwort hatte. Das Lernen lag mir nicht besonders … Ich wollte erwachsen sein und arbeiten, ganz gleich als was. Vielleicht bin ich ein komischer Kauz, aber ich arbeite gern … Und wissen Sie was? Ich habe dieses Mädchen schließlich geheiratet. Wer wagt, gewinnt – heißt es nicht so? Wir waren noch halbe Kinder, als ich ihr eine Liebeserklärung machte und wir uns verlobten. Der frechste Junge der Klasse mit dem gescheitesten Mädchen, arme Leonor, möge sie in Frieden ruhen. Als wir heirateten, arbeitete ich in einer Werkstatt. Später nahm ich diese Stelle hier an, weil ich mehr Geld verdiente und die Arbeitsbedingungen besser waren. Leo meinte, das sei meine Entscheidung, sie würde den Job nicht aufgeben, wenn sie sich dort wohlfühlte. Ich versicherte ihr, dass es mir nichts ausmacht zu wechseln. Die Werkstatt war in unserer Nachbarschaft, und von da an musste ich jeden Tag mit dem Bus fahren, aber das war kein Hinderungsgrund. Eher im Gegenteil.

Auszeiten sind wichtig im Leben, zum Nachdenken, Lesen, oder um mit fremden Leuten über das Wetter zu reden. Vor lauter Stress vergessen wir, ein paar Minuten dem Nichtstun zu widmen. Es wäre schon eigenartig, wenn man in seinen Kalender schriebe *Dienstag 15 bis 16 Uhr: nichts tun*. Die Busfahrt ist meine tägliche Auszeit. Eine unweigerlich verlorene und somit gewonnene Stunde, diesem rasanten Lebensstil abgetrotzt, der uns keine Atempause gönnt …

Damals wollten wir gerne Kinder haben, und mit dem, was ich in der Werkstatt verdiente, wäre es sehr knapp geworden. Darum habe ich die Stelle aufgegeben. Nicht weil es mir mehr oder weniger gut gefallen hätte. In der Werkstatt war es nicht übel. Hier auch nicht. Ein Flughafen ist ein magischer Ort, immer neu. Unmöglich, sich hier zu langweilen!

Jetzt gehe ich bald in Rente, und, wenn ich ehrlich sein soll, habe ich dazu überhaupt keine Lust. Ich weiß, dass mir mein Besen fehlen wird, sobald ich untätig zu Hause sitze. Hier habe ich Abwechslung und fühle mich nützlich. Arbeit adelt, sie macht dich zu einem Teil der Welt, zu einem aktiven Mitglied der Gesellschaft. Der Ruhestand bedeutet ganz klar: *So, da wären wir, du taugst zu nichts mehr, bleib mal schön daheim, schau dir im Fernsehen die alten Filme an, und störe so wenig wie möglich, bis du stirbst und wir dir keine Rente mehr zu zahlen brauchen.*

Nein, ich übertreibe keineswegs. Wenn Sie erst einmal so alt sind wie ich, werden Sie feststellen, dass pensioniert zu werden einem Rauswurf gleichkommt, einer Verbannung aus der realen Welt. Dann geht es mir wie unserem Nationalhelden El Cid, hi, hi. Solange du arbeitest, kannst du dich jeden Abend voller Stolz zur Ruhe begeben. Stolz, dein Scherflein beigetragen zu haben.

Egal, ob du der Pilot bist, der Alte, der die Terminals fegt, oder die bildhübsche Kellnerin. Der Flughafen funktioniert dank der Mithilfe aller. Dank des Lächelns, mit dem Sie den Kaffee servieren, zum Beispiel. Das ist wichtiger, als Sie denken. Wir sind Teil eines Ganzen, und so unbedeutend unsere Rolle auch scheinen mag, ohne sie wäre nichts so, wie es ist.

Na gut, ich höre jetzt auf, von mir und den Segnungen der Arbeit zu reden. Bestimmt gehe ich Ihnen schon auf die Nerven …

Das sagen Sie nur aus Freundlichkeit, bestimmt hoffen Sie, dass ich endlich den Mund halte …

Wie bitte? Welche Geschichte soll ich Ihnen versprochen haben? Die von Rosalía und Roberto? Ich erinnere mich nicht, Ihnen das versprochen zu haben. Was wissen Sie von den beiden? … Ja, ganz recht, sie haben auch in dieser Cafeteria gearbeitet. Ungefähr drei Jahre bevor Sie hier anfingen. Wissen Sie sonst noch etwas? … Nein? Nun ja, es ist eine sehr eigentümliche Liebesgeschichte. Manchmal übertrifft die Wirklichkeit jede Fiktion. Ich erzähle sie Ihnen, wenn Sie ein paar Minuten Zeit haben. Ich entsinne mich zwar nicht, sie Ihnen versprochen zu haben, aber wenn Sie es sagen …

Roberto war Italiener, aus Lanzo d'Intelvi, wenn ich mich recht erinnere, einem kleinen Dorf am Comer See nahe der Schweizer Grenze. Eine sehr hübsche Gegend. Falls Sie einmal eine romantische Reise machen wollen, der Comer See liegt wunderschön, mitten in den Bergen. Morgens ist er nebelverhangen und wirkt wie aus einem Märchen. Allerdings ist es dort ein bisschen teuer. Das schon, aber Märchen sind heutzutage halt ziemlich teuer. Stellen Sie sich Aschenputtel in der heutigen Zeit vor. Sie käme nie auf die Idee, sich ihr Kleid selbst zu nähen. Sie würde es in einem Designerladen kaufen. Und um Dornröschen zu sehen, müsste man vermutlich Eintritt bezahlen, plus Zuschlag, wenn man einen Fotoapparat dabeihat.

Roberto arbeitete hier in dieser Cafeteria als Kellner und war heiß und innig in seine Kollegin Rosalía verliebt. Sie könnten glatt als Rosalía durchgehen. Sie war etwa so groß wie Sie und hatte auch das Haar ungefähr so, dunkel und zu einem Pferdeschwanz zusammengebunden. Außerdem hatte sie sehr schöne Augen, genau wie Sie. Ihre Augen waren es, die Roberto verhext hatten. Der jedoch sah Ihrem Kollegen, ehrlich gesagt, überhaupt nicht ähnlich.

Natürlich gibt es keinen Grund, warum er ihm ähnlich sehen sollte, aber weil Sie einiges mit Rosalía gemeinsam haben, wäre es doch witzig, wenn Ihr Kollege aussähe wie Roberto.

Der Italiener war hochgewachsen und sehr dünn, mit einer großen Nase, die ihm Persönlichkeit verlieh, und einem Lächeln von einem Ohr zum anderen. Man kann nicht behaupten, dass er gut aussah. Auf den ersten Blick mag er sogar hässlich gewirkt haben. Aber wenn man ihn näher kannte, schlug er einen mit seinem Sinn für Humor und seiner Fröhlichkeit in den Bann, und dieses gewisse Etwas, das manche Leute haben, ohne dass man genau sagen könnte, wo es anfängt oder aufhört, wurde ganz deutlich. Eine Art zu sprechen, sich zu bewegen, durch die Welt zu gehen, die Fotos nicht einfangen können.

Seit einigen Monaten legten sie den Weg zur Arbeit in Rosalías Auto zurück.

»Wo wohnst du? … Ach, wirklich? Dann kommst du ja bei mir vorbei. Wir könnten zusammen fahren und uns das Benzin teilen.«

Was Rosalía nicht wusste, war, dass Roberto jeden Morgen mit der U-Bahn zu der Straße fuhr, wo er angeblich wohnte, und dort auf sie wartete.

Genau. Er war offenkundig verliebt in sie, und wenngleich er sich keine großen Hoffnungen machte, war er doch nicht der Typ, der aus Angst vor dem Scheitern etwas unversucht gelassen hätte. Im Gegenteil, er bereute hundertmal lieber etwas, das er getan hatte, als etwas, das er nicht getan hatte. Und so nahm er eines Abends, als sie ihn an der gewohnten Straßenecke absetzte, allen Mut zusammen und sagte zu ihr:

»Rosalía, ich bin in dich verliebt und möchte, dass du das weißt.«

»Tut mir leid«, erwiderte Rosalía, die sich schon irgendwie gedacht hatte, dass das früher oder später geschehen würde, »aber ich empfinde nichts für dich … und werde wahrscheinlich auch nie etwas für dich empfinden.«

Tieftraurig machte sich Roberto auf den Weg zur U-Bahn-Station. Er fragte sich, wie er ihr am nächsten Tag begegnen sollte. Das würde nicht sehr angenehm, vor allem nicht für sie. Hatte seine unangebrachte Liebeserklärung jetzt zur Folge, dass sie sich in seiner Gegenwart nicht mehr wohlfühlte? Das galt es um jeden Preis zu vermeiden. Er würde das Thema nicht mehr anschneiden und sich so natürlich und nett geben wie gewohnt, bis das kurze Gespräch vergessen wäre. Aber auch nicht zu nett, damit es nicht aufgesetzt wirkte. Er hatte es ihr sagen müssen, und er hatte es ihr gesagt. Damit war er beruhigt.

Er wollte sich nicht als alter Mann mit dem Gedanken herumquälen, dass er der Frau seiner Träume nie die Chance gegeben hatte, ihn zurückzuweisen – oder zu lieben. Jetzt musste er ihr helfen, sich nicht bedrängt zu fühlen. War denn das, was vorgefallen war, nicht etwas ganz Natürliches? Junge liebt Mädchen, aber Mädchen liebt Jungen nicht. Solche Dinge passierten ständig. Man brauchte wirklich kein Drama daraus zu machen.

Beide hatten den Zwischenfall bald vergessen, und ihre Beziehung entspannte sich wieder. Bis eines Tages etwas geschah. Es war Karneval, und die beiden trafen sich zufällig bei einer Party in einem Pub. Rosalía trug, teils aus Befangenheit, teils aus Koketterie, kein Faschingskostüm. Roberto dagegen war als smarter Verführer verkleidet, mit elegantem schwarzem Anzug, Sonnenbrille, einem Dry Martini in der Hand und nach hinten gegeltem Haar. Als er seine Arbeitskollegin hereinkommen sah, war er freudig überrascht. Er näherte sich ihr von hinten und fasste sie um die Taille.

»Nur um Ihres Anblicks willen hat sich dieser Abend gelohnt. Darf ich Sie zu einem Drink einladen?«

Rosalía schaute ihn an und wusste nicht, was sie antworten sollte. Sie suchte mit den Augen nach ihren Freunden und sah, dass diese ein paar Meter weiter am Tresen etwas bestellten. Sie lächelte und erwiderte:

»Einverstanden. Ich trinke etwas mit Ihnen.«

»Dafür sagst du mir aber deinen Namen«, scherzte Roberto.

»Ich heiße Rosalía.«

»Ich bin Paolo Furnari.«

»Sehr erfreut, dich kennenzulernen, Paolo.«

Sie verbrachten den ganzen Abend miteinander. Paolo erzählte Rosalía von seinem Leben. Er war in der Toskana aufgewachsen, inmitten der Weinberge, die seinen Großvater reich gemacht hatten, jetzt seinem Vater gehörten und eines Tages in seinen Besitz übergehen würden. Er wusste ganz genau, wie sein Leben aussehen würde, wenn es so weit wäre. Genau wie das seines Vaters. Genau wie das seines Großvaters. Ihn störte das nicht.

Andere junge Männer hätten womöglich aufbegehrt. Junge Leute wollen daran glauben, sie hätten ihre Zukunft selbst in der Hand, sie könnten sie nach ihrem freien Willen gestalten. Aber wo andere einen Kerker gesehen hätten, sah Paolo Freiheit. Zu wissen, wo er am Ende seiner Tage sein würde, beruhigte ihn. Denn bis sich sein Schicksal erfüllte, sein wahres Schicksal als Herr über das Weingut, war er vollkommen frei, andere Lebensformen zu leben. Hunderte von Leben, die er wechseln konnte, wann immer er von einem genug hatte. Denn sie wären ja nichts weiter als Schein. Sein eigentliches Leben wartete in der Toskana auf ihn, umgeben von Weinstöcken, Sonne und einer sanften Brise.

»Ich werde nicht mehr lange in dieser Stadt bleiben«, sagte er. »Ich bin nie sehr lange in derselben Stadt. Die Welt ist groß, und es gibt zu viel, was ich noch tun will. Im Sand von Pukhet liegen und dem Sonnenaufgang zusehen, zum Beispiel, oder die Abenddämmerung auf dem Nil von einer kleinen Faluka aus erleben. Dem Gesang der Frauen in der Wüste lauschen und das Räucherwerk im Potala-Palast riechen. Die dunkle Haut einer afrikanischen Prinzessin streicheln und auf der Insel Chidhuapi frisch gefangene Austern kosten.«

Rosalía hörte ihm zu und spürte, wie sie sich in diesen Mann verliebte. Einen Mann, für den sie vielleicht nicht mehr war als ein Name auf einer Liste. Ein Name unter vielen, der unbedeutendste womöglich. Aber das war ihr egal. Sie wollte ein Teil dieser wundervollen Liste sein: Malabo. Rajira. Pokhara. Quetzaltenango. Tor. Karakoram. Walata. Priscilla. Sintra … und Rosalía.

Den letzten Drink nahmen sie bei Paolo zu Hause. Rosalía wäre nie auf den Gedanken gekommen, es könnte Robertos Wohnung sein, so weit war diese von dem Ort entfernt, an dem sie ihn für gewöhnlich abholte. Als sie ihn küsste, küsste sie Paolo. Als sie sich ihm hingab, war es Paolo, der seine großen Hände über ihren Körper gleiten ließ.

Sie blieb nicht über Nacht. Am nächsten Morgen musste sie früh aufstehen, um zur Arbeit zu gehen. Aber sie gab ihm ihre Telefonnummer und nahm ihm das Versprechen ab, sie auch ganz bestimmt anzurufen.

»Versprochen«, sagte Paolo vom Bett aus. Sie lächelte und ging hinaus, wobei sie sacht die Tür hinter sich schloss.

Sie schlief kaum zwei Stunden. Dann duschte sie, um ein bisschen wacher zu werden und holte Roberto an der gewohnten Ecke ab. Auch er sah nicht sehr frisch aus.

»Wie war's gestern Abend? Hast du Karneval gefeiert?«

»Ich war mit ein paar Freunden auf einer Party. Und du?«

»Ich wollte etwas trinken gehen, bin aber früh wieder nach Hause gegangen.«

Rosalía biss sich auf die Lippen und konzentrierte sich auf die Straße. Warum log sie Roberto an?

Ich habe den tollsten Mann der Welt kennengelernt, wäre eine ehrliche Antwort gewesen, aber das konnte sie ja nicht zu jemandem sagen, der in sie verliebt war. Das wäre, als risse sie ihm das Herz heraus und schleuderte es gegen eine Mauer, dachte sie. Es war besser zu schweigen und ihr Privatleben außen vor zu lassen. Andererseits wäre es auch ein Mittel, seine Hoffnungen zu zerstören, wenn sie ihm davon erzählte, ihm sagte: *Roberto, vergiss mich ein für allemal.*

Sie sagte nichts. Sie konzentrierte sich weiter auf die Straße. Es lohnte sich nicht. Letztlich war es nur eine einzige Nacht gewesen. Die wunderbarste Nacht ihres Lebens, aber nur eine Nacht. Roberto war auch nicht sehr gesprächig. Von der Energie, die er sonst schon am frühen Morgen versprühte, war heute kaum etwas zu spüren.

Am selben Nachmittag rief Paolo an, wie er es versprochen hatte. Sie verabredeten sich für den Abend. Und für den nächsten Abend auch. Jeden Abend. Er erzählte ihr, wie groß die Welt war, und sie hörte ihm verzückt zu. Und küsste ihn auf die Stirn, die Augen, den Mund. Und gestand ihm mit Kleinmädchenstimme ihre Liebe. Und sie liebten sich, bis sie sagte, sie werde jetzt gehen, es sei schon spät, und sie müsse am nächsten Tag früh raus.

Sie konnte es vor Roberto nicht länger geheim halten. Eines Morgens musste sie ihm von Paolo erzählen.

»Er ist ein toller Mann«, sagte sie. »Du solltest ihn kennenlernen. Er hat tausend Leben gelebt, rund um den Erdball. Obwohl ich diese Stadt niemals verlassen habe, weiß ich jetzt, wie ein Vulkan riecht und wie der Gesang der Wale klingt.«

Roberto sagte nichts. Er zwang sich zu einem Lächeln und wandte sich ab. Rosalía wusste, dass er weinte, obwohl seine Augen trocken blieben. Von da an behandelte er sie kühl und mit kaum verhohlenem Groll. Rosalía fühlte sich irgendwie schuldig, auch wenn die Vernunft ihr sagte, dass sie ihrem Kollegen gegenüber zu nichts verpflichtet war. Es war idiotisch, doch konnte sie Roberto nicht mehr in die Augen sehen, ohne das Gefühl zu haben, dass sie ihn verriet, ihn, der sie doch so sehr liebte.

Er muss mich vergessen. Das ist die einzige Möglichkeit, diese unsinnigen Gewissensbisse loszuwerden, sagte sie sich. Und sogleich begann sie, einen Plan auszuhecken, der nicht fehlschlagen konnte. Roberto würde sie vergessen. Der Zufall musste nur dafür sorgen, dass ihm eine andere Frau über den Weg lief.

Und da der Zufall meistens länger braucht, als Rosalía zu warten bereit war, würde sie sich selbst darum kümmern, dass diese Begegnung zustande kam.

Kapitel fünf

Ihnen auch einen guten Tag. Ja, ich bin Don Salvador Fuensanta. Kennen wir uns? ... Die Verkäuferin vom Zeitungsladen hat Ihnen gesagt, über Rumänien sollten Sie mich befragen? Ich weiß nicht, ob ich Ihnen weiterhelfen kann. Señora Juana ist überzeugt, dass ich alles weiß? Das hat sie gesagt? Hören Sie nicht auf sie. Sie hat ein Auge auf mich geworfen ... Was gibt es da zu lachen? Nun werden Sie mal nicht frech, Liebe kennt kein Alter ... Ihre jüngste Tochter ist gerade mit ihrem Freund zusammengezogen, einem Tagedieb, der in einer Band spielt – immer ganz in Schwarz, so wie Sie –, und die arme Juana fühlt sich sehr einsam. Ihr Mann hat sie vor über zehn Jahren verlassen, können Sie sich das vorstellen? Eine Frau wie sie? Ohne sich zu verabschieden.

»Juana, warte heute nicht mit dem Abendessen auf mich, es kann spät werden.«

Das hatte er morgens noch zu ihr gesagt. Und dann kam er weder in jener Nacht noch an den folgenden Tagen zurück. Zwei Monate später rief er aus Chile an. Anscheinend hatte er eine chilenische Geliebte, mit der er in Valparaíso ein Restaurant aufmachen wollte. Er stammelte eine Entschuldigung und bat seine Frau bei der Gelegenheit auch gleich um einige Kleidungsstücke und persönliche Dinge, die er zu Hause zurückgelassen hatte.

»Ich werde dir eine Liste von Sachen diktieren, die du mir nach Valparaíso schicken sollst. Ich geb dir die Adresse.«

»Warte eine Sekunde, ich hole nur Papier und einen Stift.«

Einen nach dem anderen schrieb sie die vierundfünfzig Gegenstände auf, nach denen ihr Mann verlangte, darunter eine alte flaschengrüne Ray-Ban-Sonnenbrille und eine Gitarre, die er seit zwanzig Jahren nicht angerührt hatte.

»Und schick mir auch ein paar Fotos von den Mädchen.«

Von den Ersparnissen, die er vom Konto abgehoben hatte, sagte er kein Wort, der Mistkerl. Auch Juana schnitt das Thema nicht an. Sie legte auf, schaltete das Radio ein und trug alles, was sie notiert hatte, Stück für Stück im Wohnzimmer zusammen. Als sie damit fertig war, stopfte sie die Sachen in Müllsäcke und warf sie in den Abfallcontainer. Sie behauptet, sie hätte sie verbrannt. Aber das sagt sie nur, weil es mehr hermacht. Ein Scheiterhaufen im Wohnzimmer, stellen Sie sich das mal vor! Blödsinn … Die Fotos von den Töchtern schickte sie ihm aber. Juana sagt, egal was er tut, er bleibt doch immer der Vater ihrer Kinder.

Nicht dass Sie denken, ich plaudere hier Vertrauliches aus. Diese Geschichte hat sie selbst tausendmal erzählt, ich wiederhole sie nur. Es gibt Menschen, die die Demütigungen ihres Lebens verschweigen. Sie verbergen sie in den tiefsten Tiefen ihrer Erinnerung und verleugnen sie, wenn man sie danach fragt. Für sie ist Demütigung sozial bedingt, nichts Persönliches. Andere, wie Juana, tun das Gegenteil. Sie verwandeln ihr Unglück in einen Schwank, den sie in alle vier Winde posaunen, als mache es ihnen gar nichts aus, und hoffen, dass es Ihnen mit der Zeit tatsächlich nichts mehr ausmacht.

Warum kaufen Sie sich nicht bei Juana einen Reiseführer über Rumänien? Sie hat Reiseführer für die ganze Welt. Dann erzählt sie bestimmt auch Ihnen die Geschichte von ihrem Mann, Sie werden schon sehen. Sie erzählt viel lustiger als ich, mit diesem netten Dialekt aus dem Süden …

Sie hat keinen Reiseführer von Rumänien? Na ja, es ist ja auch kein ausgesprochenes Urlaubsland. Was wollen Sie denn dort, wenn ich fragen darf? … Sie wollen mit Ihrem Freund, der gerade auf der Toilette ist, der Route der Vampire folgen? So wie Sie aussehen, mit diesen langen Haaren, hätte ich mir das auch denken können … Sie sind hoffentlich kein Untoter auf der Suche nach seinen Vorfahren? Hi, hi, ich mache nur Spaß … Sie hätten lieber eine organisierte Reise buchen sollen, denn das mit der Vampirroute ist bloß eine Erfindung der Reiseveranstalter. In Transsylvanien gibt es weder Vampire noch Knoblauchstränge an den Türen, nicht einmal Magneten mit Dracula-Gesicht für die Kühlschranktür. Nichts, rein gar nichts. Wenn du danach fragst, schaut man dich nur schräg an, als hättest du sie nicht alle. Na ja, eigentlich schauen einen die Leute schräg an, auch ohne dass man fragt. Sie sind Touristen nicht gewohnt und wissen nicht recht, wie sie mit ihnen umgehen sollen. Aber das ist nur eine Frage der Zeit. Wenn es den Reiseveranstaltern gelingt, viele Touristen zu ködern, werden in ein paar Jahren alle Rumänen Experten für Vampirkunde sein: Sie werden dir Gruselgeschichten erzählen, uralte Amulette und neu aufgelegte verbotene Bücher verkaufen, und die satanischen Wallfahrtsorte werden sich verhundertfachen. In jedem Dorf eine Teufelsreliquie: Splitter der Pfähle, auf die Dracula seine Opfer spießte, Blutstropfen aus seinen Eckzähnen, Gummi von der Sohle seiner Kommunionsschuhe … Mit dem Apostel Jakobus war es ähnlich. Würde man sämtliche Reliquien zusammensetzen, die die katholische Kirche von seiner Leiche hat, kämen mindestens acht Apostel heraus.

Schloss Bran? Ja, das ist das Schloss, das man in den Filmen sieht. Dort werden Sie das eine oder andere Mitbringsel finden. Nur hat sich Dracula in diesem Schloss niemals aufgehalten. Wie Sie sicher wissen, war Dracula ein Beiname von Vlad Tepes, dem Pfähler, einer reichlich finsteren historischen Gestalt aus dem fünfzehnten Jahrhundert. Das zumindest sagen die Fachleute, wenngleich die Rumänen nicht sehr erfreut darüber sein dürften, dass einer ihrer Nationalhelden als Blutsauger verschrien ist …

Trotzdem sollten Sie Schloss Bran besuchen, denn darauf sind Sie ja vermutlich aus, auf mit Fledermäusen bemalte Aschenbecher und so. In dem Schloss, in dem der *Pfähler* tatsächlich lebte, gibt es keine Verkaufsstände, nur Ruinen. Sie könnten auch sein Geburtshaus besuchen, doch werden Sie dort bloß eine Schrifttafel vorfinden, auf der steht: *Hier wurde Vlad Tepes geboren*. Keine

Souvenirs oder sonst was. Und wenn man schon ein Haus mit einer Schrifttafel besichtigen will, dann doch lieber gleich das Dracula-Schloss, in dem Dracula zwar niemals war, wo man aber T-Shirts zum Verschenken kaufen kann.

Ist das Ihr Reisegefährte? Ihr persönlicher Sancho Panza? Erfreut, Sie kennenzulernen, ich habe mich mit Ihrem Freund über Rumänien unterhalten … Tun Ihnen diese vielen Ohrringe nicht weh?

Ich gehe jetzt, ich muss weiter fegen. Es war mir ein Vergnügen, mit Ihnen zu plaudern. Wir sehen uns in der Hölle, hi, hi …

Kapitel sechs

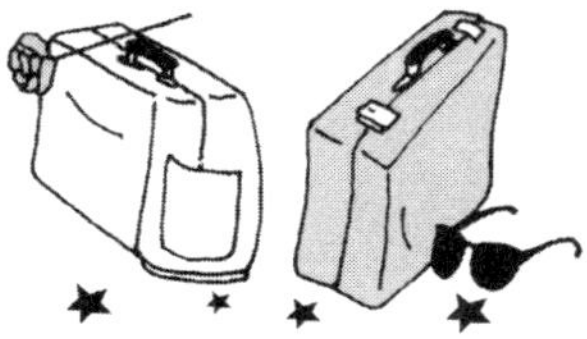

Guten Morgen, Sara … ganz recht, meinen täglichen koffeinfreien Kaffee, bitte. Wie geht es Ihrem neuen Kollegen? … Na gut, ich werde Sie nicht mehr siezen, weil ich weiß, dass Sie das nervös macht, aber Sie glauben gar nicht, wie schwer mir das Du fällt. Also, dein neuer Kollege macht keinen so verlorenen Eindruck mehr. Anfangs sah er so verängstigt aus, dass man am liebsten über die Theke gehechtet wäre wie John Wayne und sich eine Schürze umgebunden hätte, um ihm zu helfen. Und schau ihn dir jetzt an, als würde er schon ein Leben lang hier arbeiten. Es tut weh einsehen zu müssen, dass niemand unentbehrlich ist; die einen gehen, andere kommen, im Grunde aber bleibt alles wie gehabt.

Ein Schriftsteller, ich weiß nicht welcher, hat gesagt, die Wellen verändern sich, doch das Meer ist immer dasselbe …

Und bei dir, wie läuft's denn so? Gut? Señora Juana meinte, es gehe dir bestens. Sie hat mir erzählt, neulich hätte dich ein junger Mann zur Arbeit gefahren, und dass ihr euch sehr zärtlich im Auto verabschiedet hättet … Hi, hi, du brauchst doch nicht rot zu werden. Ist doch völlig in Ordnung. Zu meiner Zeit galt das als unschicklich.

Es war sogar verpönt, Hand in Hand über die Straße zu gehen. Aber heutzutage bleibt man selten beim Ersten. Vorher muss man sich ein wenig umschauen, nicht wahr? So sieht es die Jugend doch, um einen Vergleich zu haben.

Ich habe meine erste Liebe geheiratet. Meine erste und einzige. Und es ist gut gegangen. Aber das ist nicht die Norm. Ich habe viele unglückliche Paare gekannt, die aus purer Gewohnheit oder aus Angst vor dem Gerede zusammengeblieben sind. Und das finde ich nicht richtig. Die Liebe ist das Einzige, was Menschen verbinden sollte. Liebe und ein bisschen Bemühen von beiden Seiten. Denn allein mit Liebe ist es auch nicht getan, sie genügt nur denen im Film. Man darf ja nicht vergessen, dass ein Filmpaar höchstens drei Stunden miteinander verbringt, länger dauert es nie. Drei Stunden lässt es sich von Luft und Liebe leben. Aber dann bekommt man Hunger auf Nahrhafteres. Ich würde die gern mal vier Monate später erleben, wenn sie sich wegen jeder Kleinigkeit in die Haare geraten: *Du bist dran mit der Wäsche, ich will mich nicht immer darum kümmern müssen! Warum kommst du schon wieder so spät? Du hast dich bestimmt heimlich mit jemandem getroffen …*

Ja, da hast du recht. Das mit deinem neuen Liebsten dürfte längst die Runde gemacht haben … Schön, ganz wie du willst, das mit deinem neuen *Freund*. Wenn es Señora Juana weiß, hat es mittlerweile auch der Letzte mitbekommen. Heute Morgen habe ich Kaugummis bei ihr gekauft, und als Allererstes sagt sie zu mir, dass Sara, die aus der Cafeteria, einen neuen Liebsten, äh … Freund hat. Sie hat ihn mir in allen Einzelheiten beschrieben: blond und mit Brille, stimmt's? Aber nimm es ihr nicht übel, die Ärmste sitzt den ganzen Tag da und langweilt sich. Sie meint es nicht böse. Sie tratscht gern, aber sie zieht über niemanden her …

Ich nehme sie immer in Schutz? Ich weiß nicht, vielleicht liegt das daran, dass ich immer ihrer Meinung bin …

Es könnte auch an etwas anderem liegen? Sieh mal einer an, unsere Sara wird frech. Glaubst du wirklich, ich denke noch an solche Sachen? Liebeleien sind etwas für junge Leute.

Warum? Ich weiß auch nicht … Zugegeben, Juana hat wirklich Klasse, und in früheren Zeiten hätte ich sicher gern … du weißt schon … Aber in unserem Alter ist das ein bisschen albern.

Ach nein? Na ja, ich weiß nicht. Lassen wir das.

Ich bin gekommen, so schnell ich konnte. Irgendwie hatte ich so eine Ahnung, dass du darauf brennst zu erfahren, wie die Geschichte von Rosalía und Roberto ausgeht.

Neulich musste ich ja mittendrin weg. Die Chefs sehen es nicht gern, wenn ich meine Zeit vertrödele. Dabei trödele ich gar nicht, ich erhole mich nur, damit ich nachher umso schneller bin, aber das will denen einfach nicht in den Kopf.

Wo waren wir stehen geblieben? Ach ja, bei Rosalías Plan, mit dem sie Roberto dazu bringen wollte, sie zu vergessen. Weil ihr schlechtes Gewissen ihr keine Ruhe ließ und sie sich für den Kummer ihres Freundes verantwortlich fühlte, beschloss Rosalía, Schicksal zu spielen und Roberto eine Frau über den Weg laufen zu lassen, die dafür sorgen würde, dass er sie endgültig vergaß.

Als Erstes brauchte sie einen Namen. Luna wäre ein guter Name, fand sie. Sie hatte eine Kandidatin bei einem Fernsehwettbewerb gesehen, die so hieß, und sich vorgenommen, ihre erste Tochter so zu nennen, falls sie eine bekommen sollte. Ihr gefiel der Klang: Luna. Roberto in eine Frau mit einem so schönen Namen verliebt zu machen, sollte ein Leichtes sein.

Er war seit kaum einer Stunde zu Hause, als das Telefon klingelte. Er sprang aus der Dusche, wickelte sich ein Handtuch um und rannte zum Hörer, wobei er ein Rinnsal auf dem Boden zurückließ. Er war zu ungeduldig und neugierig, es den Anrufer später noch einmal versuchen zu lassen. Darin war er mir ähnlich.

»Ja?«

»Hallo, ich habe diese Nummer aufs Geratewohl gewählt. Zum ersten Mal in meinem Leben gebe ich dem Zufall eine Chance. Schon als Kind wusste ich, wie mein Leben verlaufen sollte: Ich würde Veterinärmedizin studieren, um mit Tieren zu arbeiten. Ich würde einen großen, gut aussehenden Architekten heiraten, der unser Traumhaus entwerfen würde, mit einer Mansarde aus Holz und einem Garten, in dem mein Hündchen Blanca herumtollen würde. Die Hochzeit fände in der kleinen Waldkapelle meines Heimatdorfs statt, auf dem Berg, von dem aus man das ganze Tal überblicken kann, und in den Flitterwochen würden wir eine Kreuzfahrt auf dem Mittelmeer machen ... Das alles ist in Erfüllung gegangen.

Ein paar Dinge fehlen noch. Dinge, die ich jetzt angehen sollte. Zwei Töchter bekommen, zum Beispiel, die Celia und Martina heißen werden. Mit ihnen Euro-Disneyland besuchen. Jeder einen Welpen kaufen. Ihre

Geburtstage im Garten feiern, mit bunten Luftballons und einem Clown …

Aber ich weiß gar nicht, ob ich weitermachen möchte. Ich fühle mich gefangen in einem Theaterstück, wiederhole Gesten, die ich selbst gewählt habe, aber nicht mehr als meine eigenen empfinde, und ich durchlebe völlig leidenschaftslos die Szenen, die ich mir in meinen Jungmädchenträumen ausgemalt hatte. Ich bin eine schlechte Schauspielerin. Wie ein dummer Papagei leiere ich Worte herunter, ohne ihren Sinn richtig zu erfassen. Ich bewege die Hände wie ein Affe und weiß nicht, was meine Gesten bedeuten. Ich weiß lediglich, dass sie irgendwann einmal etwas bedeutet haben, woran ich mich nicht mehr erinnere. Ich täusche Ergriffenheit vor, weil ich weiß, dass ich früher von bestimmten Dingen ergriffen war. Ich lächle, wenn gelächelt werden muss, und weine sogar ohne jede Gemütsregung. Eingesperrt in diese Frau, die zu werden ich beschlossen hatte. Eine Frau, die sich im Spiegel betrachtet und nicht mehr wiedererkennt.

Heute habe ich meinen Mann verlassen und bin in ein Hotel gezogen.

Soeben habe ich aufs Geratewohl eine Telefonnummer gewählt und damit dem Zufall die Chance gegeben, die ich ihm vorher nie gegeben habe. In meinem ganzen Leben nicht. In der Hoffnung, dass mich dieses kleine Ereignis aus der Zwangsläufigkeit erlöst, die mich allmählich verrückt macht. Dass der Zufall mir einen Widerspruch beschert, an den ich mich klammern kann, um mich lebendig zu fühlen und nicht wie die Protagonistin eines übertrieben perfekten Romans.«

An dieser Stelle verstummte sie.

»Mein Name ist Roberto«, war das Einzige, was der Kellner herausbrachte.

»Mein Name ist Luna.«

Zum ersten Mal in seinem Leben verschlug es Roberto die Sprache. Er sah zu, wie ihm das Wasser von den Waden tropfte, und suchte angestrengt nach einer vernünftigen Erwiderung.

»Ich mache dir einen Vorschlag«, sagte er schließlich. »Ich werde dir ein Lied auflegen. Es ist ein Lied, das ich mir als kleiner Junge immer angehört habe, wenn ich deprimiert war. Ich weiß nicht warum ... es ist nicht besonders fröhlich, aber mich hat es immer zum Lächeln gebracht. Hör es dir bis zum Schluss an, und du wirst sehen, dass du dich besser fühlst. Versprichst du mir das?«

»Ich verspreche es.«

Roberto lief zu seiner kleinen Stereoanlage hinüber, drückte auf *Play* und legte den Hörer neben den Lautsprecher. Hektisch lief er um den Tisch, schnappte sich Papier und Stift und fing an zu schreiben.

Als das Musikstück zu Ende war, griff er wieder zum Telefon.

»Ich habe dich angelogen. Ich brauchte Zeit, deshalb habe ich behauptet, dies sei ein besonderes Lied. Aber das ist es gar nicht. Ich wusste nicht einmal, welches Stück kommen würde. Es ist nur irgendein Lied, das mir Zeit geben sollte, mir eine Antwort zu überlegen.«

Mit der anderen Hand langte er nach dem Zettel und begann sehr aufgeregt zu lesen:

»Luna ist ein wunderschöner Name. Es muss sehr schwer sein, sich von ihm zu trennen, aber das ist unumgänglich. Luna wird immer Luna sein, wie ein Baum immer ein Baum oder die Sonne immer die Sonne sein wird. Also werde ich dir einen neuen Namen geben, der dich von deiner Romanfigur erlöst: Du heißt ab jetzt …«

Das Mädchen unterbrach ihn lachend:

»Du bist süß. Aber ich werde meinen Namen nicht ändern. Luna gefällt mir. Hattest du dir das aufgeschrieben? Das mit dem Baum, der immer ein Baum, und der Sonne, die immer die Sonne sein wird? Das hat man gemerkt. Ich muss gestehen, dass ich meine Rede heute Nachmittag im Geist so oft wiederholt habe, dass ich sie fast auswendig hersagen konnte. Ich wollte eine x-beliebige Nummer anrufen und meine Verzweiflungsszene aufführen. Das war Blödsinn. Melodramatischer Blödsinn, findest du nicht? Manchmal geben wir uns tiefsinnig und großspurig. Das ist mir gerade passiert. Mir war nicht bewusst, wie lächerlich ich geklungen haben muss, bis ich gemerkt habe, dass du mich viel zu ernst nimmst, weil du mir in diesem feierlichen Tonfall geantwortet hast, als wären wir die etwas überspannten Hauptfiguren einer amerikanischen Liebeskomödie. Fangen wir noch mal von vorn an. Ich heiße Luna.«

»Ich bin Roberto.«

»Du hast einen merkwürdigen Akzent. Bist du Italiener?«

»Ja, aus dem Norden.«

»Danke.«

»Wofür?«

»Ich weiß nicht. Einfach so. Weil du mich umtaufen wolltest, um mich zu erlösen. Ich muss zugeben, das war eine sehr originelle Idee.«

Sie unterhielten sich mehrere Stunden über alles Mögliche und nichts Bestimmtes.

»Telefonieren wir wieder?«, fragte Roberto.

»Na klar.«

Als Roberto auflegte, wurde es bereits dunkel. Wenige Minuten später fuhr Rosalía zu Paolo, ein Lächeln auf den Lippen. Die telefonische Begegnung mit Luna war genau so verlaufen, wie sie es sich vorgestellt hatte. Bald würden die beiden einander kennenlernen und ein Liebespaar werden, Roberto würde sie vergessen, und sie hätte wieder ein ruhiges Gewissen.

Und genau so kam es auch. Nach einigen Telefongesprächen verabredeten sich die beiden in der Bar des Hotels, in dem Luna vorübergehend abgestiegen war. Sie tranken etwas, und schließlich gingen sie aufs Zimmer und liebten sich.

Fortan trafen sie sich jeden Nachmittag im Hotel. Und wenn der Abend dämmerte, küssten sie sich lange und zögerten die Trennung hinaus, indem sie sich mit ausgestreckten Händen verabschiedeten und ihre Fingerspitzen erst ganz zuletzt voneinander lösten.

Rosalía ging nach wie vor jeden Abend zu Paolo. Verliebt wie am ersten Tag. Alles war perfekt, und sie wünschten sich nichts sehnlicher, als dass die Zeit stehen bliebe, denn das hat die Zeit nun einmal so an sich: Immer muss sie alles umkrempeln, Glück in Traurigkeit und Traurigkeit in Glück verwandeln.

In dieser Geschichte war es nicht anders.

»Du solltest Paolo kennen lernen«, sagte Rosalía zu ihrem Arbeitskollegen. »Ihr kämt bestimmt sehr gut miteinander aus. Außerdem seid ihr beide Italiener. Das verbindet doch irgendwie. Würde ich in einem anderen Land leben, hätte ich ab und zu sicherlich gern mal jemanden, mit dem ich mein Heimweh teilen könnte.«

»Luna würde dir auch gefallen. Sie ist eine bezaubernde Person. Ich habe sie am Telefon kennengelernt, und weißt du was? Ihre Stimme erinnert mich sehr stark an deine ...«

Die Idee kam von Rosalía. Die Idee, die zum Fiasko führen sollte.

»Warum treffen wir uns nicht mal alle vier? Wir könnten heute Abend zusammen essen gehen. Esst ihr gern japanisch?«

»Das ist unser Lieblingsessen.«

Rosalía verspätete sich um fast dreißig Minuten. Zum Glück war Roberto als Einziger schon da, aber er war an dem Abend besonders abweisend und einsilbig.

»Tut mir leid, ich war bei meinen Eltern und konnte nicht rechtzeitig weg. Ist Paolo nicht da?«

»Nein.«

»Und Luna? Ist sie auf der Toilette?«

»Nein.«

Rosalía setzte sich an den Tisch und schaute in die Speisekarte.

»Seltsam. Paolo ist der pünktlichste Mensch, den ich kenne. Was ihn wohl aufgehalten haben mag?«

»Nichts.«

»Wie meinst du das?«

Roberto sah seiner Kollegin in die Augen. Seine Miene war sehr ernst.

»Was ist? Du machst mir Angst ...«

»Er war pünktlich. Paolo war so pünktlich wie immer. Luna war schon hier und trank an der Theke ein Bier, während sie auf mich wartete. Sie fingen an, miteinander zu reden und … manchmal passiert es, es kommt ja nicht oft vor, aber manchmal passiert es halt, dass du das Gefühl hast, eine Person schon immer zu kennen, dieses Gefühl, als sei sie direkt deinen Träumen entstiegen.

Ein einziger Blick genügte. Ein langer Blick, in dem sie einander irgendwie wiedererkannten, ohne sich je zuvor begegnet zu sein. Sie standen auf und verließen die Bar, aufgeregt, fassungslos, ein breites Lächeln im Gesicht, ohne zu wissen, wohin sie als Nächstes gehen würden, aber mit dem sicheren Gefühl, dass sie, wohin auch immer, gemeinsam gehen mussten. Als ich eintraf, waren sie schon weg.«

»Woher weißt du das?«

»Ich weiß es eben.«

»Werden wir sie nie wiedersehen?«

»Nein.«

»Wenigstens du bist noch hier …«

»Ja, lass uns zu Abend essen, als wäre nichts geschehen. Reißen wir uns zusammen, und sparen wir uns die Tränen für zu Hause auf.«

Während des Essens beobachtete Rosalía ihren niedergeschlagenen, schweigsamen Kollegen. Sie dachte, es wäre einfacher gewesen, wenn sie sich in ihn verliebt hätte. Er hätte ihr niemals Kummer bereitet.

Andererseits, dachte sie, *gehorcht das Herz nun einmal nicht der Vernunft. Ich empfinde nichts für ihn, und das wird vermutlich auch so bleiben.*

Sie verabschiedeten sich wie alte Freunde und sparten sich, wie abgemacht, die Tränen für zu Hause auf …

Wieso ist das Unsinn? Ich habe es dir nicht erzählt, damit du darüber urteilst. In Liebesdingen lässt sich nicht urteilen.

Nein, damit war alles zu Ende. Zwischen Rosalía und Roberto bestand nichts weiter als eine nette Freundschaft. Dass Rosalía nicht in ihn verliebt war, steht wohl außer Zweifel. Nach einiger Zeit kehrte er nach Italien zurück. Dann fand sie einen anderen Job. Das ist das Letzte, was ich von ihnen gehört habe.

Mach nicht so ein Gesicht. Ich weiß gar nicht, warum du mich so ansiehst. Ich finde diese Geschichte wunderschön.

Kapitel sieben

Erinnern Sie sich wirklich nicht an ihn? Er kaufte jeden Freitag die Zeitung und nahm immer zwei Schokoriegel mit, von denen da drüben. Er war dicklich, hatte ein rundes Gesicht und trug eine Brille. Wenn ich mich recht entsinne, fing sein Haar oben am Wirbel schon langsam an, schütter zu werden. Das Alter verschont niemanden, mit Ausnahme von Ihnen, Señora Juana, Sie werden mit jedem Tag hübscher. Nein, das sage ich nicht nur so dahin. Sie wissen ja, wenn wir zwanzig Jahre jünger wären, würde ich Sie entführen und mit Ihnen eine Reise um die Welt machen: Ägypten, China, Italien … Nein, jetzt nicht mehr. Wer wird schon mit einem alten Mann wie mir um die Welt reisen wollen? … Mit einer alten Frau wie Ihnen? Sagen Sie doch so etwas nicht! Sie könnten meine Tochter sein.

Er hieß Domingo Millón. *Sonntag Million,* was für ein fröhlicher Name, denn der Sonntag ist ein fröhlicher Tag, und eine Million, herrje, wie beglückend eine Million sein muss, … obwohl er nicht gerade eine Stimmungskanone war. Wenn man ihn ansprach, blickte er einem nie ins Gesicht, sondern immer verschämt zu Boden. Ich vermute, dass er als Kind nicht allzu beliebt war. Bestimmt hatte er irgendeinen Spitznamen: Brummkreisel, Billardkugel, Vielfraß, und so schüchtern, wie er war, hat er sich wahrscheinlich nicht einmal dagegen gewehrt.

Ich stelle ihn mir im Turnunterricht vor, die kurzen Hosen in der Poritze, schwitzend und halb besinnungslos vor Anstrengung. Die Kinder stehen um ihn herum und lachen ihn alle aus: *Warum rennst du, wenn du doch rollen kannst, Billardkugel?*

Die Szene habe ich nicht etwa erfunden. Einem Klassenkameraden von mir, den wir *Fässchen* nannten, war es häufig so ergangen. Aber ich kann mir vorstellen, dass alle Dicken Ähnliches durchgemacht haben …

Er arbeitete hier in der Stadt und flog übers Wochenende nach Hause. Jeden Freitag stieg er ins Flugzeug, und jeden Sonntag kehrte er zurück … Nein, es erwartete ihn keine Gattin. Er besuchte seine Mutter. Eine dieser besitzergreifenden Mütter, die Jungs ihr Leben lang als ihre Frau und Geliebte betrachten, sodass jede andere Beziehung unweigerlich zu schändlicher Bigamie führen würde.

Eines Tages, während er am Gate auf sein Flugzeug wartete, in einer Zeitung blätterte und seelenruhig seinen Schokoriegel verspeiste, näherte sich eine junge Frau und setzte sich neben ihn. Ich sah sie nicht zum ersten Mal. Gelocktes Haar, großer Busen und ein bemüht zerstreutes Gebaren, das wenig überzeugend wirkte. Sie schlenderte immer auf und ab, bis sie sich schließlich neben einem alleinreisenden Mann niederließ. Einmal habe ich sie gegrüßt. Es regnete, und ich sagte zu ihr: *Kein guter Tag zum Fliegen*. Ich wollte einfach nur nett sein. Sie hat mir noch nicht einmal geantwortet.

Aber wenn sie wollte, konnte sie unglaublich charmant sein. Fragen Sie Domingo. An diesem Nachmittag setzte sie sich neben ihn.

»Guten Tag«, sagte sie.

»Guten Tag.«

Sie sah ihn erwartungsvoll an.

»Willst du mich nicht fragen?«

»Was denn?«

»Warum ich mich hier hingesetzt habe.«

Stellen Sie sich den armen Domingo vor, nervös, unsicher, wie er sich der Frau gegenüber verhalten sollte, und gelähmt von etwas, das sich anfühlte wie Angst, jedoch lediglich auf mangelnde Übung und Erfahrung im Umgang mit anderen Menschen zurückzuführen war. Als er klein war, hatte ihn seine Mutter mit belegten Brötchen vollgestopft, überzeugt, die beste Mutter der Welt zu sein. Und da saß Domingo nun, stumm, zitternd, unfähig. Ohne das nötige Rüstzeug, sich den Leuten zu stellen.

»Es gibt viele freie Stühle, und trotzdem habe ich mich zu dir gesetzt. Willst du mich nicht fragen warum?«

»Warum hast du dir diesen Stuhl ausgesucht?«

»Weil du mich an einen Lehrer erinnerst, den ich im Gymnasium hatte. Er unterrichtete Geschichte. Er war mit Abstand der beste Lehrer, den ich je hatte. Du bist nicht zufällig Lehrer, oder?«

»Nein. Und von Geschichte habe ich auch nicht viel Ahnung.«

»Ich liebe Geschichte. Da siehst du mal, welchen Einfluss ein Lehrer auf unsere Persönlichkeit haben kann. Hätte mir der Musiklehrer gefallen, würde ich womöglich heute Flöte spielen. Weißt du, in welchem Jahr Trajan Armenien besetzte?«

»Nein.«

»117. Und in welchem Jahr die Mongolen den letzten abbasidischen Kalifen hinrichteten? 1055. Frag mich ruhig.«

»Was soll ich denn fragen?«

»Irgendetwas.«

»Ich weiß nicht.«

»Frag mich, wann Lenin starb.«

»Wann starb Lenin?«

»1924.«

Auch wenn Domingo sich nur stotternd äußern konnte, hüpfte er innerlich vor Freude. Er unterhielt sich mit einem bildschönen Mädchen. Kaum zu glauben! Wann war ihm das zum letzten Mal passiert? Er konnte sich nicht einmal mehr erinnern. Sein einziges erwähnenswertes Liebesabenteuer, mit Mariló Pérez auf dem Rücksitz seines Autos, lag fast zwölf Jahre zurück. Mariló war eine Klassenkameradin im Gymnasium gewesen. Er wusste nicht mehr genau, wie es eigentlich dazu gekommen war. Es war an seinem Geburtstag, und sie hatten ein bisschen zu viel getrunken. Eines ergab das andere, und plötzlich lagen sie auf dem Rücksitz seines Wagens und hatten jeder nur noch ein Bein in der Hose. Und dabei war es geblieben. Frauen schienen ihn zu meiden. Seit Jahren hatte sich dem armen Domingo keine genähert … bis zu diesem Tag.

»Die zwei Jahre, in denen er mich unterrichtete, war ich unsterblich verliebt in ihn. Wenn du erlebt hättest, mit welcher Leidenschaft er die Punischen Kriege schilderte, hättest sogar du dich in ihn verliebt.«

»Das glaube ich aber nicht. Ich stehe nicht auf Männer.«

»Du stehst auf Frauen, schon klar. Er auch. Und wenn er sich unbeobachtet glaubte, schaute er mir auf den Hintern und auf den Busen.«

»Na ja, auch ein Lehrer ist nur ein Mann.« Domingos Befangenheit löste sich allmählich. »Als Kinder hielten wir Lehrer für Wesen aus einer anderen Welt, als wären sie nicht menschlich. Aber in Wahrheit sind sie nicht anders als wir.«

»Du hast sie dir noch gar nicht richtig angesehen.«

»Wen?«

»Meine Brüste. Gefallen sie dir nicht?«

Er hatte die Augen abgewandt und starr zur anderen Seite gesehen, weil er nicht recht wusste, wohin mit seinem Blick.

»Wie bitte? Ich weiß nicht …«

»›Ich weiß nicht‹ ist keine Antwort. Entweder sie gefallen dir, oder sie gefallen dir nicht.«

»Ja, natürlich.«

»Ihm auch. Allerdings ist es Lehrern strengstens verboten, sich mit Schülerinnen einzulassen.«

»Na ja, man kann im Leben nicht alles haben.«

»Ach nein? Das sehe ich anders. Sobald er nicht mehr mein Lehrer war, bin ich mit ihm ins Bett gegangen. Am Tag nach der letzten Septemberklausur, um genau zu sein. Kaum dass die Zeugnisse verteilt waren, habe ich ihn flachgelegt. Er war verheiratet, aber was soll's, das war ja nicht mein Problem, sondern seins … Bist du verheiratet?«

»Nein.«

»Noch immer ledig? Ein Mann wie du? Und wohin geht die Reise?«

»In meine Heimatstadt. Ich besuche meine Mutter. Die Arme fühlt sich einsam.«

»Was für ein guter Junge. Ich wünschte, alle Männer wären wie du! Die, die ich kenne, haben nur eine einzige Sorge im Leben: sich selbst. Nichts und niemand kann ihnen den Schlaf rauben. Aber du bist anders, nicht wahr? Das sieht man gleich. Du würdest dich um mich kümmern. Mich verwöhnen ... Magst du deinen Job?«

»Ja, schon, er ist nicht übel.«

»Dein Chef ist ein Riesenarschloch, stimmt's?«

Domingo erwiderte nichts.

»Keine Angst. Sag es ruhig. Das ist völlig normal. Klempner reparieren Wasserhähne, Schreiner machen Stühle, und Chefs sind Riesenarschlöcher. Das ist ihr Job. Was ist dein Chef?«

»Er ist ein Mann, der sehr ...«

»Nein, du hast mich nicht verstanden. Was ist dein Chef?«

»Ein Riesenarschloch!«

Sie brachen in Gelächter aus. Domingo Millón fühlte sich glücklich. Glücklich wie ein Sonntag. Wie ein Mann mit einer Million.

Sie plauderten noch weiter, bis der Flugsteig geöffnet wurde und die Leute sich anstellten.

»Tja, du musst jetzt los«, sagte das Mädchen. »Schade, dabei haben wir uns so nett unterhalten, nicht wahr?«

Sie stand auf, küsste den verblüfften Domingo auf beide Wangen und wandte sich zum Gehen.

»Sehen wir uns wieder?«, fragte er bebend beim Abschied.

»Natürlich«, gab sie zurück.

»Dann ... könntest du mir vielleicht deine Telefonnummer geben, und ich rufe dich an?«

Sie schüttelte den Kopf.

»Ich habe dir doch gesagt, wir sehen uns wieder. Traust du mir nicht?«

Sie lächelte und ging davon. Domingo stieg ins Flugzeug und musste unentwegt lächeln, sodass ihm abends der Kiefer wehtat. Als er bei seiner Mutter eintraf, fragte die ihn, was mit ihm los sei. Er sagte, er sei ein wenig in Gedanken wegen Problemen im Büro, konnte sie jedoch nicht überzeugen. Es ist schwer, einer Mutter etwas vorzumachen.

Genau. Sie wissen das nur zu gut, Sie haben schließlich drei Töchter großgezogen. Und das gilt erst recht für eine so gluckenhafte Mutter wie die, von der wir hier sprechen. Eine Mutter hat eine ganz besondere Verbindung zu ihren Kindern. Sie weiß, was diese denken, noch bevor sie es überhaupt gedacht haben.

Erinnern Sie sich noch, wie Sie einmal zu mir gesagt haben: ›Ich habe das Gefühl, meine kleine Paquita hat etwas mit diesem Langhaarigen, der sie immer mit dem Auto zur Uni bringt‹? Zwei Tage später saß er bei Ihnen zu Hause, aß die Muschelkonserven auf und bemächtigte sich der Fernbedienung. Vielleicht hatte Paquita bis dahin nur einen Freund in ihm gesehen, aber Sie ahnten bereits, dass mehr daraus werden könnte. Sie wussten früher Bescheid als das Herz Ihrer Tochter!

In der darauffolgenden Woche war Domingo schicker als gewöhnlich. Er hatte sogar Kölnischwasser benutzt. Er wirkte wie verwandelt. Er kaufte die Zeitung, aber keine Schokoriegel. Mich wundert, dass Sie sich nicht daran erinnern. Er setzte sich auf denselben Platz wie die Woche zuvor und versuchte, die Nachrichten zu lesen, was ihm aber natürlich nicht gelang. Alle zwei Sekunden hob er den Blick, um Ausschau nach ihr zu halten. Sie hatte gesagt, sie würden sich wiedersehen, und er wusste weder ihre Telefonnummer noch ihre Adresse. Logischerweise mussten sie sich also am selben Ort treffen. Dieses Gate war ihre einzige Verbindung. Das wäre ein gutes Thema für einen Liedtext, dachte er.

Ein Mann im Anzug setzte sich neben ihn. Domingo sah ihn an. Um ein Haar hätte er gesagt: ›Entschuldigen Sie, dieser Platz ist reserviert.‹ Dann aber überlegte er, dass es ein wenig pathetisch wäre, die zwei Stunden Wartezeit neben einem reservierten, aber leeren Stuhl zu verbringen.

»Guten Tag«, sagte der Mann.

»Guten Tag.«

»Sie müssen Domingo Millón sein.«

Domingo war perplex.

»Kenne ich Sie irgendwoher?«

»Nein. Aber wir kennen Sie.«

Der Mann hob ein Köfferchen auf seinen Schoß, öffnete es und entnahm ihm einen Bericht. Zuoberst stand in Times New Roman: *Domingo Millón*. Der Mann begann vorzulesen.

»In diesem Bericht steht, Sie seien ledig, heterosexuell veranlagt, hätten noch nie in einer festen Partnerschaft gelebt und auch so gut wie keine anderen Beziehungen gehabt. Sie haben eine Arbeit, die Sie nicht mögen, hängen noch immer am Rockzipfel Ihrer Mutter …«

Und so weiter und so fort, Sie können sich ja denken, wie es weiterging. Satz für Satz kam Domingos ganzes Elend ans Licht, und dieser wusste nicht, wie ihm geschah.

»Woher wissen Sie das?«

»Falls uns ein Fehler unterlaufen ist, sagen Sie es mir bitte, und ich korrigiere ihn. Der Bericht wurde von einer unserer Mitarbeiterinnen erstellt, aber die können sich auch manchmal irren.«

»Und woher weiß Ihre Mitarbeiterin das alles?«

»Sie hat vergangene Woche mit Ihnen gesprochen, und jetzt hat das Auswahlkomitee nach eingehender Prüfung des Berichts festgestellt, dass Sie dem gesuchten Profil entsprechen und wir Kontakt mit Ihnen aufnehmen sollten. Wir haben ein Angebot für Sie, das Sie nicht ausschlagen können.«

Domingos Herz sank, bis es auf dem polierten und frisch gefegten Boden des Flughafens in tausend Stücke zerschellte … Ja, das ist von mir. Einer der Sätze, die ich erfinde, um die Geschichten anschaulicher zu machen. Wie gut Sie mich doch kennen.

Domingo verstand jetzt, warum das Mädchen auf ihn zugegangen war und mit ihm gesprochen hatte. Warum hatte er das nicht früher bemerkt? Sie hatte ihm ihr Leben erzählt und unauffällig persönliche Fragen dazwischengeschoben: Bist du verheiratet? Wer wartet zu Hause auf dich? Kannst du deinen Vorgesetzten gut leiden? Vertrauensselig wie ein Dummkopf hatte er sich von ihren weiblichen Reizen bezirzen lassen und sich eingebildet, ihr Interesse gälte tatsächlich ihm …

Der Mann im Anzug? Nein, das war kein gewöhnlicher Vertreter. Er verkaufte weder Enzyklopädien noch Versicherungen oder sonst was in der Art. Dazu komme ich gleich, das ist der Clou der Geschichte. Domingo stand auf und wollte gehen. Er konnte nicht dasitzen und diese Schmach über sich ergehen lassen.

»Wollen Sie denn gar nicht wissen, was ich Ihnen anzubieten habe?«

»Nein.«

Domingo griff nach seinem Rollkoffer und ging davon. In diesem Augenblick erschien sie, die Frau von der vorigen Woche. Sie blieb vor ihm stehen. Domingo hätte sie gern beschimpft, ihr gesagt, es gehöre sich nicht, arglose Leute so hereinzulegen, sie angebrüllt, das habe er nicht verdient, und auch nicht, dass man ihn in der Schule als *Billardkugel* verspottete, er sei ein guter Mensch und lege sich mit niemandem an. Ein ruhiger Zeitgenosse ohne größere Absonderlichkeiten. Warum sie ihm das antun müsse? Ob sie denn kein Herz habe?

Aber er sagte nichts. Der Verkäufer trat von hinten an ihn heran.

»Wir bieten Ihnen an, Mitglied im Club der unerhörten Wünsche zu werden. Ein erlesener Club. Als Willkommensgeschenk dürfen Sie sie behalten. Sie heißt Eva, aber wenn Ihnen der Name nicht gefällt, können Sie ihr auch einen anderen geben. Sie gehört Ihnen für was auch immer Sie wollen. Haben Sie Lust, etwas über die weiteren Vorzüge unseres Clubs zu erfahren?«

So war es. So und nicht anders. Normalerweise bekommt man zwei Bücher geschenkt oder so, ich weiß. Aber an diesem Club ist nichts normal. Es ist der Club der unerhörten Wünsche.

Ich muss für eine Weile zurück an die Arbeit. Ich kann mich nicht den ganzen Vormittag hier aufhalten, mit dem Vorwand, ein paar Kaugummis kaufen zu wollen. Aber sobald es geht, verdrücke ich mich wieder und erzähle weiter. Was bin ich Ihnen schuldig?

Na, gut. Tauschen wir Kaugummis gegen Geschichten. Bis nachher.

Kapitel acht

Señorita! Sie haben Ihr Buch auf dem Stuhl vergessen!

Nichts zu danken. Ich habe Sie weggehen sehen und bemerkt, dass Sie etwas liegen gelassen haben. Hier, bitte: Baudelaires *Die Blumen des Bösen*. Wie ich sehe, lesen Sie es auf Französisch. Sie sind doch nicht etwa Französin? Nein, habe ich mir doch gleich gedacht, dass Sie nicht sehr französisch aussehen …

Tja, ich weiß auch nicht, wie ich das beschreiben soll, französisches Aussehen. Nach so vielen Jahren kann ich sogar sagen, wer aus Paris ist und wer nicht, aber verlangen Sie nicht, dass ich es Ihnen erkläre, ich weiß es nämlich selbst nicht. Es sind winzige Details …

Ich? Nein, ich habe es nicht gelesen. Ich kenne mich mit Lyrik nicht aus. Na ja, ich kenne einen Dichter, aber er ist kein bedeutender Dichter …

Ich denke nicht, dass Sie ihn kennen. Er ist Finne …

Ganz genau! Ich spreche von Jussi Latvala. Sie haben seine Gedichte gelesen? Kaum zu glauben. Erst kürzlich habe ich ein Paar kennengelernt, das sich aufgrund eines seiner Gedichte ineinander verliebt hat … Ja, das habe ich den beiden auch gesagt, es ist schon ein wenig eigenartig, sich wegen solcher Gedichte zu verlieben, sie sind so existenziell …

Wie bitte? *Nach der Routine der Lippen / Jetzt im Halbschlaf / Küsse ich dich endlich* … Das kannte ich nicht. Vielleicht war es das. Er muss es erst kürzlich geschrieben haben.

Ja, ja, ich weiß schon, dass er tot ist, und dass die Toten

nicht schreiben. Aber dieser Tote ist ein bisschen ungewöhnlich … Er ist hier auf diesem Flughafen gestorben, wussten Sie das? Nein? Na, dann wissen Sie es jetzt.

Was wissen Sie noch über Jussi? … Was Sie im Internet gefunden haben. Es gibt viele Webseiten, auf denen von ihm die Rede ist? Im Ernst?

Ich werde Ihnen etwas erzählen. Haben Sie fünf Minuten Zeit? Dann kommen Sie, setzen wir uns da drüben hin. Wenn man den ganzen Tag auf den Beinen ist …

Ich werde keine langen Vorreden halten. Es wird Sie so und so umhauen, ganz egal, ob ich mich langsam herantaste oder es Ihnen rundheraus sage, also komme ich direkt zur Sache: Jussi Latvala heißt eigentlich Pau Baldrich. Er ist weder Finne noch tot noch sonst was. Und das weiß ich, weil Pau oder Jussi, wie Sie ihn kennen, jeden Sommer mit mir zusammen gearbeitet hat. Er war ein sehr angenehmer junger Mann. Er arbeitete für zwei Monate in der Putzkolonne mit, um Geld für seine Marotten zu haben. Pau hatte nämlich künstlerische Ambitionen. Ich habe ihn immer bekniet, sich auf sein Studium zu konzentrieren und sich ein nettes Mädchen zu suchen, aber Pau hörte nicht auf mich. Natürlich, warum hätte er auch auf mich hören sollen? Er konnte ja nichts dafür.

Der eine liebt Fußball, der andere Poesie. Das brauche ich Ihnen ja nicht zu sagen, immerhin haben Sie die

Originalausgabe von Baudelaire dabei und nicht eines dieser Boulevardblätter. Die mag ich auch nicht, meine Frau dagegen hat sie regelrecht verschlungen … Und so findet jeder an etwas anderem seinen Spaß im Leben.

Das ist ja das Schöne, nicht wahr? Denn wenn wir alle denselben Geschmack hätten, wäre das doch sterbenslangweilig. *Was meinst du zu dem Film, den wir gestern gesehen haben? Genau dasselbe wie du. Ah, gut …*

Schluss der Unterhaltung.

Pau war wie Sie. Und ich sage nicht *war*, weil er das Zeitliche gesegnet hätte, Gott bewahre, sondern weil ich nichts mehr von ihm gehört habe, seit er wegen dieses Mädchens weggegangen ist …

Aber darum geht es jetzt nicht. Pau war wie Sie. Er hatte immer ein Buch in der Innentasche seiner Jacke. Als ich ihn einmal darauf ansprach, sagte er, er verließe niemals das Haus ohne ein Buch.

»Es macht mich nervös, wenn ich nichts zu lesen bei mir habe.«

Auch einen winzigen Bleistiftstummel trug er immer bei sich. Gelegentlich lehnte er den Besen an den Wagen, holte das Buch heraus und begann, auf die ersten unbedruckten Seiten zu schreiben.

»Die Inspiration kommt, wenn du am wenigsten damit rechnest«, sagte er, ging in die Hocke und schrieb, das Buch auf den Knien.

»Wäre es nicht besser, ein Blatt Papier einzustecken, statt ständig Bücher vollzukritzeln?«, fragte ich ihn.

»Bücher sind dazu da, vollgekritzelt zu werden. Außerdem wirken meine Worte schöner, wenn sie neben denen großer Schriftsteller stehen.«

Er war nicht davon abzubringen. Er liebte es, Buchränder mit seinen Notizen für künftige Gedichte zu füllen. Wenn er eines Tages berühmt sein sollte, wird man diese Bücher mit Gold aufwiegen, das sage ich Ihnen ...

Große Illusionen, aber wenig Lohn. Das ist das Schicksal der Künstler. Er schickte seine Gedichte an sämtliche Verlage, die er kannte, und bekam von allen Ablehnungsschreiben. Ein Brief ist nie ein gutes Zeichen. Wenn sie Interesse haben, rufen sie dich an. Briefe sind für die, die auf der Strecke bleiben.

»Wusstest du, dass van Gogh zu seinen Lebzeiten nur ein einziges Bild verkauft hat?«, sagte ich einmal zu ihm, um ihn aufzumuntern. Und das nahm er so ernst, wie ich es mir nicht hätte träumen lassen. In diesem Augenblick begann er mit der Planung seines Ablebens.

»Wenn es einen Toten braucht, dann sterbe ich eben. Natürlich nicht wirklich, ich täusche meinen Tod vor, und die Sache ist geritzt. Manchmal ist die Realität eben nicht auf unserer Seite. Was sollen wir dann tun? Die Hände in den Schoß legen oder versuchen, sie in unserem Sinne zu beeinflussen?«

Erstaunlicher Gedankengang. Dann sagte er:

»Obwohl sterben allein nicht ausreicht. Der Tod eines Studenten, der in den Sommerferien den Flughafen putzt, ist nicht spektakulär genug. Ich brauche einen exotischen Namen und eine spannende Biografie.«

Und so wurde Jussi Latvala geboren, der verflixte Poet aus Helsinki, der – so ein Zufall! – ausgerechnet auf diesem Flughafen sterben musste.

Merken Sie, wie alles zusammenpasst?

Sie glauben mir nicht? Haben Sie schon einmal eine Veröffentlichung von Jussi Latvala gesehen? … Nur im Internet? Tja, das wird wohl seine Gründe haben. Pau kannte sich mit Computern ziemlich gut aus. Kommt Ihnen der Name Salvador Fuensanta bekannt vor? Das bin ich … Noch nie gehört? Puh, da fällt mir aber ein Stein vom Herzen.

Pau behauptete, im Internet die erlogene Geschichte von Salvador Fuensanta verbreitet zu haben, einem legendären Schauspieler und Star des allerersten Pornofilms, der mit dem Kinetoskop von Edison gedreht und von der päpstlichen Geheimpolizei unter Pius XI. in den Zwanzigerjahren beschlagnahmt worden sein soll. Ich habe mir schon gedacht, dass Pau mich damit nur auf den Arm nehmen wollte, aber bei ihm konnte man nie wissen. Es bereitete ihm ein solches Vergnügen, die Wirklichkeit – in Großbuchstaben, wie er sagte – mit selbst ausgedachten Geschichten zu verweben, dass es mich nicht im Geringsten überrascht hätte, wenn er der Nachwelt diesen Scherz auf meine Kosten hinterlassen hätte. Mein Name wäre auf immer und ewig mit dem des ersten Pornodarstellers verbunden worden. Denn auch wenn es frei erfunden wäre, ist die Wahrheit ja doch immer das, was die Mehrheit dafür hält. Ein Gerücht muss sich nur ausreichend herumsprechen, dann kann auch eine Lüge in den Geschichtsbüchern landen.

Pau war ein höchst anspruchsvoller Künstler. Er modellierte die Realität wie ein Bildhauer den Ton. Er schmückte sie aus, um sie amüsanter zu machen, wie er es ausdrückte.

Beispielsweise stellte er sich ans Gate für die Türkei-Flüge und erzählte den Passagieren, in Kappadokien, einer Gegend, wo es in Felsen gehauene Häuser gibt, existiere eine uralte Sufi-Sekte. Etwa hundert Personen, die vollkommen abgeschottet lebten, weil sie sich nicht verunreinigen wollten an dieser modernen Welt, in der man vergessen hat, den Geist zu nähren, und nur noch den Körper mästet. Pau beschrieb ihnen ganz genau, wo sich der Eingang befand: fünf Kilometer von Göreme am

Fuß einiger riesiger Feenkamine.

Seine Geschichte ging aber noch weiter: Damit ihre Nachkommen nicht durch die fortwährende Mischung gleichen Blutes degenerierten, sei es den Mitgliedern dieser vergessenen Zivilisation verboten, untereinander sexuelle Beziehungen zu pflegen. Und jetzt kommt das Beste: Gelegentlich würde ein Tourist eingeladen, mit den Sektenfrauen zu kopulieren. Wenn der Reisende sich einverstanden erklärte, herrsche große Freude, man führe ihm einige der jungen Frauen vor und übergebe ihm die Auserwählte gleich an Ort und Stelle. Allerdings dürfe er nur eine aussuchen.

Ob ihm die Leute das glaubten? Warum sollten sie es nicht glauben? Die Eskimos bieten Gästen immer ihre Ehefrauen an. Das ist ungefähr das Gleiche. Es gibt doch noch viel unglaublichere Geschichten, wie die von diesem Eingeborenenstamm, der seine Opfer zu Schrumpfköpfen verarbeitet, oder die von dem indischen Tempel, wo Ratten angebetet werden. Außerdem hatte Pau eine sehr überzeugende Art zu erzählen. Um glaubwürdiger zu erscheinen, sprach er nie vom Freund eines Freundes, der ihm angeblich gesagt hatte, sondern schilderte seine Reise nach Kappadokien und seine Begegnung mit der eigentümlichen Zivilisation immer in der ersten Person und in allen Einzelheiten. So mancher wird sich wohl zwischen den Feenkaminen verirrt und darauf gewartet haben, dass ein Türke auftaucht und zu ihm sagt: *He, du, Ausländerchen, komm her und leg dich zu meinem bezaubernden Töchterlein …*

Hi, hi, Pau war ein echter Schlawiner.

Wie denken Sie jetzt über Jussi Latvala? Anders als vorher? Klar, zwischen einem verflixten Finnen und einem Putzmann auf dem Flughafen liegen Lichtjahre. Pau hat das nur getan, damit seine Werke gelesen werden. Er hat immer gesagt: Die Kultur ist ein Werbespot, der das anpreist, was im Interesse der Mächtigen verkauft werden soll. So machte er sich selbst zu seiner eigenen Werbeagentur, und jetzt hat sein Werk großen Erfolg, stimmt's? Was spielt es für eine Rolle, wer es geschrieben hat, solange es gelesen wird?

Und Jussi hat dasselbe getan, indem er Miia erfand. Unter den möglichen Varianten ist die Realität immer nur eine von vielen. Und nicht unbedingt die beste.

Ja, ja, ganz dasselbe ist es nicht. Der Finne hatte mehr Glamour. Aber stellen Sie sich nicht so an. Ob er existiert hat oder nicht, ist doch gar nicht so wichtig. Hamlet hat auch nicht existiert und ist trotzdem ständig präsent mit seiner Frage nach dem »Sein oder Nichtsein«. Oder die Zahnfee, die ja ohne jeden Zweifel auch nicht existiert, oder? Woher dann die kleinen Geschenke unter dem Kopfkissen kommen? Von den Eltern, schon klar. Aber ob von der Zahnfee oder von den Eltern, die Kinder kriegen ihr Geschenk, nicht wahr? Dass Sie sie nie gesehen haben, beweist nicht, dass es sie nicht gibt. Ebenso gut könnten Sie behaupten, Sophia Loren existiere nicht, weil Sie sie noch nie leibhaftig gesehen haben. So leichtfertig darüber zu befinden, was real ist und was nicht, scheint mir … ein bisschen voreilig. Sie sollten mal zwei Jahre lang mit mir arbeiten. Sie können sich gar nicht vorstellen, wie anders die Wirklichkeit an einem Ort wie diesem ist, wo sich niemand zu verstellen braucht, weil keiner den anderen kennt.

86 Na gut, es war mir ein Vergnügen, mit Ihnen über Dichtkunst zu plaudern. Und geben Sie Jussi, dem verflixten Putzmann, noch eine Chance. Hi, hi. Jetzt, da Sie wissen, dass diese Verse nicht von einem überheblichen Finnen stammen, entdecken Sie vielleicht ganz neue Lesarten, die Ihnen bisher verborgen geblieben sind.

Oh nein, da irren Sie sich. Die Worte sind nicht dieselben. Vorher waren es Jussis, und jetzt sind es Paus Worte. Also sind es zwangsläufig andere.

Kapitel neun

Hallo! Na, so eine Überraschung! Was machen Sie denn hier? Wenn mein Gedächtnis mich nicht trügt, und das tut es für gewöhnlich nicht, wollten Sie doch vorgestern nach Indien …

Sehen Sie? Hab ich's doch gewusst. Der Flieger konnte also wegen eines Problems mit der Elektronik nicht starten, und Sie sind seit zwei Tagen in einem Hotel untergebracht? Ich würde Ihnen gern sagen, dass so etwas normalerweise nicht vorkommt, aber dann müsste ich lügen. Wussten Sie, dass es Hotels gibt, die ausschließlich von zurückgelassenen Fluggästen leben? Nun ja, Ihnen brauche ich das ja nicht zu erzählen. Sie werden es mit eigenen Augen gesehen haben … In welchem waren Sie? … Ah, ja, dem mit dem Swimmingpool. Dann haben Sie alles in allem noch Glück gehabt. Das andere ist wesentlich schlechter, nach allem, was man so hört.

Haben Sie schon schriftlich reklamiert? … Nein, viel würde dabei wahrscheinlich nicht herauskommen. Die Fluggesellschaften haben mehr Anwälte als Sie sich jemals leisten könnten. Und das sage nicht ich, das sagen die selbst. Eine Frau, die ihnen mit einer Anzeige gedroht hatte, erzählte mir, sie hätten ihr etwas Ähnliches gesagt, sie solle sich die Mühe sparen, sie werde doch nichts erreichen:

»Wir haben mehr Anwälte.«

Sie war ganz empört. Aber das ist die Realität, so hart es auch sein mag. Es lohnt sich nicht, sich darüber aufzuregen. Das nützt überhaupt nichts. Entweder du kaufst

dir eine Kalaschnikow und setzt dein Leben aufs Spiel, oder du lässt den Dingen ihren Lauf und trägst es mit Fassung. Jede Zwischenlösung ist Zeitverschwendung und bringt dir nur Magengeschwüre ein.

Sehen Sie es doch einmal von der guten Seite. Sie haben sich zwei Tage lang in einem Hotel entspannen können, gratis gegessen und am Pool in der Sonne gelegen. Zwei Tage Ruhe. Danach werden Sie sich noch zurücksehnen, wenn Sie erst einmal in Indien sind, glauben Sie mir.

Um wie viel Uhr landen Sie in Neu-Delhi? ... Abends um zehn. Sie haben in einer Pension im Paharganj-Viertel ein Zimmer reserviert, sagen Sie? Na, dann machen Sie sich auf einiges gefasst. Das ist nicht gerade die beste Visitenkarte für ein so reizvolles Land. Die Straßen sind eine einzige Müllhalde: haufenweise Abfälle, von denen sich Kühe, Ochsen, Schweine und Ratten ernähren. Echt deprimierend. Und das Erstaunlichste sind die halb nackten Körper, die zu Dutzenden überall auf der Straße herumliegen. Ohne sich um die Kühe, die Ratten oder den Dreck zu scheren. *Diese armen Leute,* werden Sie denken, *haben kein Dach über dem Kopf.* Also, ich kann Ihnen versichern, dass die meisten sehr wohl eines haben, aber trotzdem auf der Straße schlafen, weil es im Freien kühler ist. Es ist so heiß, dass ihnen nichts anderes übrig bleibt. Unser Begriff der Intimität zählt dort nicht. Das irritiert einen anfangs am meisten. Die Haustüren stehen immer offen, die Leute urinieren auf die Straße oder strecken sich für ein Nickerchen auf dem Bürgersteig aus, sie berühren dich ungeniert und legen dir den Kopf auf die Schulter, um es sich im Zug bequem zu machen …

Sie werden vier Wochen lang ein Teil der großen indischen Familie sein! Wenn Sie sich ein wenig eingelebt haben, werden Sie feststellen, dass das auch sein Gutes hat.

Aber eben darum reist man ja, nicht wahr? Andere Kulturen zu kennen, schärft den Blick auf die eigene. Indem wir andere Menschen kennenlernen, lernen wir uns selbst kennen. Wir sind alles das, was außerhalb unserer selbst liegt. Wir lernen aus dem Kontrast …

Wie Eduardos Geschichte ausgegangen ist, wollen Sie wissen? Ha, ha. Ich hatte schon ganz vergessen, dass ich Ihnen von Eduardo erzählt habe. Und kaum sprechen wir vom Kauf einer Kalaschnikow, da tritt er wieder auf den Plan … nein, nein, das war es nicht, was er getan hat. Aber wie ich ihn kenne, wäre das durchaus möglich gewesen. Vielleicht ist er darauf nur nicht gekommen. Wo war ich stehen geblieben? … Als Eduardo ins Flugzeug nach Indien stieg. Oje, dann habe ich Ihnen ja noch fast gar nichts erzählt. Da habe ich mich wohl wieder in Einzelheiten verloren. So geht es mir immer.

Also, haben Sie ein bisschen Zeit? … Na, dann los. Rauchen Sie? … Nein, ich auch nicht. Ich wollte mich nur vergewissern, dass Sie mich nicht unterbrechen werden, um in den Raucherraum zu gehen. Nicht dass

Sie denken ... in meinem Alter darf ich nicht mehr rauchen.

Eduardo sitzt also am Ganges. Erinnern Sie sich noch, was ich über ihn gesagt habe? Ein echter Querkopf. Ein ewiger Junge, der die Welt um sich herum nicht versteht. Der sich keinem Ort und keiner Person anpassen kann: Alles erscheint ihm fremd, er schämt sich für die

Zivilisation, die Lügen, die Kriege, den Hass, den Neid, den Egoismus. Ein sensibler Mensch, der Tag für Tag unter der Demütigung leidet, der menschlichen Spezies anzugehören.

»Wenn es einen Gott gibt«, sagte er einmal zu mir, »dann muss es ihn sehr traurig machen zu sehen, was aus unserer Gattung geworden ist. Mir ist schon der Gedanke peinlich, Teil dieser Horde fein gekleideter Affen zu sein, die für eine Erdnuss ihre eigene Mutter umbringen würden. Wir müssen aufhören, einander zu erniedrigen. Jemand muss alldem Einhalt gebieten. Ein für alle Mal. Bevor wir die Tiere ausgerottet, die Natur zubetoniert und das Weltall vollgemüllt haben ... bevor wir uns selbst dabei ertappen, wie wir unseren Artgenossen das Herz herausreißen und auf die unterste Stufe der Evolution hinabgesunken sind. Ersparen wir uns dieses Elend. Hoffentlich setzt irgendein barmherziger Wissenschaftler ein tödliches Virus frei und damit endlich die Apokalypse in Gang, die Gott uns versprochen hat und die immer noch auf sich warten lässt ...«

Eduardo gibt sein kleines Apartment und seine Stelle am Flughafen auf. Eine Wohnung, die seine Insel war, und einen Job, den er hasst. Er lässt alles hinter sich: Monatskarte, Winterkleidung, Antiallergika, Videoclubausweis, Regenschirm ... und geht nach Indien in einem verzweifelten und klischeehaften Versuch, sich selbst zu finden.

Jetzt sitzt Eduardo also am Ganges. Stellen Sie ihn sich vor. Umschwirrt von Libellen. Denn an den Ufern des Ganges wimmelt es von zauberhaften Libellen. In einigen Religionen werden die Libellen als Wegweiserinnen für die Seelen der Toten verehrt …

Die Nacht bricht herein, und alles wird befremdlich. Die Bestattungsfeuer neben ihm. Der Geruch nach verbranntem Fleisch. Menschenfleisch. Ein ähnlicher Geruch wie der des argentinischen Churrasco. Ein wenig süßlicher, ein wenig aufdringlicher. Ein Boot entfernt sich vom Ufer und wirft eine Kinderleiche in den schmutzigen Fluss. Kinder unter vier Jahren dürfen nicht verbrannt werden. Auch Brahmanen, Lepröse und Kühe nicht. Ihnen wird ein Stein ans Bein gebunden, und dann versenkt man sie in den heiligen Fluten. Manchmal löst sich der Stein, und der Kadaver treibt auf der Wasseroberfläche, aufgebläht wie ein Kugelfisch mit einem grotesken Wachspuppengesicht.

Eine Ziege beschnuppert den Fuß einer schlafenden alten Frau, die am Ufer auf ihren Tod wartet, während die Familie ein paar Meter entfernt plaudernd im Kreis hockt. Ein Junge taucht aus dem Wasser auf und hält mehrere Goldzähne und einen Ring hoch, die er zwischen den menschlichen Überresten am Grund gefunden hat …

Noch deutlicher muss ich nicht werden, oder? Der Ganges ist der Fluss des Todes. Wer auf den Ganges blickt, befindet sich Auge in Auge mit seinem eigenen Ende. Für Eduardo zumindest war es ein furchtbarer Schock. Er erkannte, dass das Leben viel zu kurz ist, um es damit zu vergeuden, geboren zu werden, heranzuwachsen, einem Achtstundenjob nachzugehen, zu heiraten, sich fortzupflanzen, Fußballspiele zu sehen, fett zu werden und zu sterben.

Er war allein an diesem Ort, wo er durch keinerlei Gewohnheit oder Verpflichtung der Welt gebunden war. Außerdem betrachtete er seine Umgebung und staunte über alles. Über das Fehlen von Normen, das Fehlen von Stereotypen in dieser dunkelhäutigen Menschenmasse. Wenn du Tausende von Göttern hast, findest du immer einen, der dein Verhalten rechtfertigt, was auch immer du tust, und sei es noch so absurd. Darin bestand seine große indische Erleuchtung.

In diesem fast traumgleichen Augenblick am Fluss verstand er die Bedeutung des Hindi-Wortes *maya:* Alles ist Illusion, die Realität existiert nicht, außer in unserem Kopf. Die Welt, die wir kennen, ist nur ein Werk der Vernunft. Menschenwerk. Die Grenzen verlaufen, wo immer wir sie ziehen. Er dachte an den Hindu-Gott Shiva. Die höchste Gottheit des Widerspruchs. Shiva hat keine Angst, widersprüchlich zu sein, und seine totale Verachtung für Kohärenz macht ihn frei.

Mit einem Schlag verstand Eduardo alles. Es war eine beinahe körperliche Empfindung. Als schlüge ihm die Erkenntnis ins Gesicht. Gut und Böse waren vom Menschen gemachte Begriffe. Alles war gleichwertig. Sein eigenes Ich war nichts weiter als eine geordnete Einheit von Aktivitäten, den wesentlichen Aktivitäten seines Lebens, aus denen die Person Eduardo bestand. Neue Aktivitäten, die den bekannten zuwiderliefen, würden die Einheit dessen durcheinanderbringen, was Eduardo ausmachte, was man von ihm erwartete. Der, den alle

Welt bisher als Eduardo kannte, wäre ausgelöscht, und zugleich würde etwas Neues geschaffen, etwas Unbekanntes. Etwas Komplexeres und Unerklärliches. Das Konzept Eduardo wäre hinfällig. Dieses winzige Konzept, das ihn erklärte. Wenn er die Angst vor der Unordnung überwinden könnte, die Angst, weder eine Erklärung noch eine sinnvolle Interpretation dessen zu finden, was oder wer er war … dann würden die Grenzen verschwinden. Dann lägen alle Möglichkeiten des Lebens in greifbarer Nähe, und er wäre absolut und unbeschreiblich frei.

Ich bin nicht sicher, ob Sie mir folgen können. Ich weiß schon, dass das alles ein bisschen kompliziert ist. Indien ist ein kompliziertes Land. Wenn Sie dorthin wollen, haben Sie sich mit der hinduistischen Philosophie bestimmt ein wenig vertraut gemacht. Das mit dem Schleier der Maya, der Reinkarnation und der universellen Energie … Ist doch selbstverständlich, wenn man ein Land bereist, meinen Sie nicht? Dass man sich ein kleines bisschen informiert. Obwohl das die wenigsten tun, glauben Sie mir. So mancher kommt an seinem Reiseziel an und weiß rein gar nichts.

*Ach, Moslems sind das hier? Wie, sagst du, heißt die Hauptstadt dieser monarchischen Republik? Die sind schwarz und sprechen Französi*sch?

Ich bin froh, dass Sie keiner von denen sind. Ich will ja niemanden kritisieren, der eine reist aus diesem Grund, der andere aus jenem. *Sie* reisen, um andere Kulturen zu erleben und Ihren geistigen Horizont zu erweitern. Das ist gut. Andere mögen ihre eigenen Motive haben. Ich habe Ihnen ja von meiner Nichte erzählt. Sie wollte braun werden und Fruchtcocktails trinken. Vermutlich weiß sie nicht einmal, dass Cancún in Mexiko liegt …

Ja, ganz recht, wenn man nach Afrika reist, sollte man Kapuściński lesen, wenn man nach Australien reist, Chatwin, und wenn man nach Afghanistan reist, Asne Seirstad, um nur einige zu nennen. Und *Die unsichtbaren Städte* von Italo Calvino, wohin auch immer man reist, finden Sie nicht? Es ist das Basiswerk für den Reisenden. Und nicht nur für den, der über Meere und Kontinente unterwegs ist. Denn man kann auf viele Arten reisen. Von Idee zu Idee. Von Buch zu Buch. Von Frau zu Frau … Lachen Sie nicht. Jede Haut und jeder Blick birgt eine unerforschte Welt.

Ja, ich habe von Eduardos Erleuchtung gesprochen. Die Japaner nennen es *satori*. Waren Sie schon einmal in Japan? Nun, wenn ich Ihnen einen Rat geben darf, fahren Sie lieber nicht hin … ja, ja, genau, es ist sehr teuer und lohnt sich nicht, und es spricht noch so einiges dagegen …

Eduardo erkannte, dass das Leben zu kurz war, um sich an Regeln zu halten, die er noch nie verstanden hatte. Er kehrte nie wieder nach Hause zurück. Das Ticket für den Rückflug warf er weg und nahm dann einen Bus nach Nepal. Nepal war ideal für sein Vorhaben. Ein kleines Land mit gewaltigen Bergen und wenigen Einwohnern. Indien ist so übervölkert, dass man nur schwer für sich sein kann.

Ich weiß nicht, wie ich das, was jetzt kommt, wiedergeben soll. Vielleicht müssen Sie zuerst seine Geschichte mit Elena erfahren. Die hatte sich schon in frühester Jugend ereignet, ihn jedoch für immer geprägt. Er war wahnsinnig in sie verliebt. Als wäre er der erste und einzige Liebende der Welt. Wenn er *Ich liebe dich* sagte, erbebte die Erde. Wenn er ihre Lippen streifte, hielten die Sterne inne. Als sie zum ersten Mal miteinander schliefen, zersprang das Universum in tausend Stücke und fügte sich in Sekundenschnelle neu zusammen.

Aber Liebesgeschichten gehen auch wieder zu Ende. Die Küsse werden lauer, die Umarmungen schlaffer, und die Blicke treffen sich nicht mehr so oft. Irgendwann sagt sie nicht mehr *Ich werde dich ewig lieben,* sondern *Ich ertrage es nicht, wenn du dies oder jenes tust*... Und am nächsten Tag kriegen sie sich schon in die Wolle, wenn es darum geht, wo sie den Sonntagnachmittag verbringen sollen.

Sie trennten sich, und von da an war Eduardo wie ausgewechselt. Er verlor jeglichen Glauben. Er glaubte nicht mehr an die Welt und auch nicht mehr an die Möglichkeit, in ihr sein Glück zu finden.

Damals gab er es auf, für die Zeitschrift UTOPÍAS zu schreiben, und schwor Menschen und Göttern ab. Der erste Schritt zur Gottlosigkeit besteht darin, an nichts zu glauben. Der zweite Schritt, den Eduardo in Indien tat, ist konstruktiver: Er besteht darin, an alles zu glauben. Wenn es nichts gibt, das größere Gültigkeit hat als der Rest, dann ist jede Möglichkeit gut. Jede Wahl ist gut, um etwas zu schaffen, etwas zu glauben.

»Ich bin eben ein komischer Vogel«, sagte er einmal zu mir. »Jemand wie ich findet niemals eine Frau.«

»Was redest du da?«, beschwichtigte ich ihn. »Du wirst eine finden, wenn du am wenigsten damit rechnest.«

»Eine, die mich vollkommen glücklich macht, bestimmt nicht. Eine, die denkt wie ich, fühlt wie ich, mit der ich eine perfekte Verbindung eingehen kann. Eine Frau, deren Körper exakt in meine Arme passt. Deren Seele exakt zu meiner passt. Deren Geschlecht exakt zu meinem passt.«

Das war der Grund. Darum ging er nach Nepal und kaufte sich ein Häuschen in den Bergen in der Nähe eines Flusses. Ein Häuschen, das man nur über eine lange Hängebrücke und nach einem mehr als einstündigen Fußmarsch, einen steilen Pfad hinauf, erreichen konnte.

Darum streifte er, nachdem das Haus bewohnbar war, sieben Tage lang durch die Berge, einen Haufen Geld in der Tasche, und kaufte einer armen Bauernfamilie den Säugling ab. Bauern, die kein Wort verstanden, die Rupien aber dringender brauchten als ein weiteres hungriges Maul. Es war ein bildhübsches Mädchen von etwa sechs Monaten. Als er davonging, das Kind in einer Decke auf den Rücken gebunden, begann es zu regnen. Es war Monsunzeit, und so gab er der Kleinen den Namen Lluvia, Regen.

Finden Sie das normal, was ich Ihnen da gerade erzähle? Weil Sie einfach dasitzen und es sich anhören, ohne mit der Wimper zu zucken. Ich habe gesagt, er hat nepalesischen Bauern ein Mädchen abgekauft. Ein Baby. Er kaufte es und wanderte zurück zu seinem Haus.

Ich frage mich, ehrlich gesagt, was für einen Umgang Sie haben. Die Leute, die ich kenne, ziehen jedenfalls nicht durch die Gegend und kaufen Kleinkinder ein. Ihr Cousin hat sich ein kleines Mädchen aus China geholt? Na gut, aber das ist nicht dasselbe. Eduardo wollte aus diesem Kind sein Ebenbild formen.

Das tun wir immer mit Kindern? Sie zu unseren Ebenbildern formen? Ich fürchte, Sie haben mich nicht richtig verstanden. Ich werde mich klarer ausdrücken. Es gibt da nämlich einen kleinen Unterschied. Eduardo wollte aus diesem Kind eine Frau machen, deren Körper exakt in seine Arme passte. Deren Seele exakt zu seiner passte. Deren Geschlecht exakt zu seinem passte. Verstehen Sie jetzt? Lluvia sollte die Partnerin werden, die er sich wünschte. Was Elena und viele andere niemals hätten sein können. Augen, die die Welt genauso sehen würden wie seine eigenen Augen. Ein Wesen, mit dem er das kleine Stück Wirklichkeit teilen konnte, die er zu schaffen beabsichtigte. Für sie beide. Eine ferne, andersartige, private Wirklichkeit, wo er König und sie seine junge Königin sein würde.

Na, jetzt machen Sie vielleicht ein Gesicht! Nachdem Sie es endlich kapiert haben, finden Sie es nicht mehr so normal. Sie halten das für keinen realistischen Plan? Warum nicht? In der Welt, in der Sie und ich leben, wäre ein Mädchen womöglich nie imstande, die Geliebte seines Vaters zu werden ... aber stellen Sie sich doch einmal vor, wir würden das Wort *Vater* gar nicht erst lernen. Stellen Sie sich vor, wir würden ein neues erfinden oder irgendein anderes benutzen, das es schon gibt. Stellen Sie sich vor, Eduardo hätte ihr beigebracht, dass er ihr *Schicksal* sei, und sie *Schicksal* sagt, wenn andere Kinder *Papa* sagen. Stellen Sie sich vor, dass er sie niemals die Wörter *Inzest, Himmelreich* oder *Hölle* lehrt, und viele andere auch nicht. Stellen Sie sich vor, er führt sie in eine Religion ein, die das Wort *Gott* ersetzt hat durch Luft, Wasserfälle, grüne Weiden und hohe Berge. Eine Sprache, aus der das Wort *Krieg* getilgt ist und in der *Tod* das Verschmelzen mit der Luft, den Wasserfällen, grünen Weiden und hohen Bergen bedeutet.

Genau das tat Eduardo. Er schuf eine Sprache für sie. Er gab den Wörtern neue Bedeutungen und erfüllte sie mit Schönheit. Sie nannte er Regen, und sich selbst nannte er Meer. Und er erklärte ihr, dass das Wasser des Regens zum Fluss wird und immer ins Meer fließt.

Und auf diese Weise wären sie eines Tages für immer vereint. Und er sagte ihr nie, dass Nacktheit Sünde sei – das Wort *Sünde* brachte er ihr gar nicht erst bei –, und wenn das Wetter es zuließ, spazierten sie nackt durch die Landschaft. Und er lehrte sie die Sprache der Küsse und Liebkosungen. Und erklärte ihr, das sei andernorts verboten. Das Küssen und das Gefühl des nassen Grases und des Regens auf der bloßen Haut. Die Liebkosungen und sich zu lieben, wie sie einander liebten.

Manchmal unterschätzen wir die Macht der Sprache. Sprache ist ein Ausgangspunkt, um die Realität zu begreifen. Eduardo schuf eine Sprache, mit der er die Welt veränderte und sie zu einem freieren und glücklichen Ort machte. Lluvia erfasste die Welt mit den Begriffen, die er ihr beibrachte, und was sie wahrnahm, war etwas anderes als das, was Sie und ich wahrnehmen. Um dreizehn Uhr sprechen die Engländer vom Nachmittag, die Spanier vom Vormittag. Die Eskimos haben ein Dutzend Wörter, um die Farbe Weiß zu beschreiben. Wenn Sie und ich auf Schnee schauen, sehen wir eine weiße Decke. Eskimos sehen eine bunte Decke. Verändert sich die Wirklichkeit nun also, abhängig von der sprachlichen Ordnung in unseren Köpfen, oder nicht? Ob sie sich langweilten? Das weiß ich nicht. Sie hatten viele Tiere, und Eduardo spielte ständig mit ihr. Außerdem kannte sie ja keine anderen Kinder. Man kann nicht etwas vermissen, das man gar nicht kennt. Manchmal stellte sie Eduardo Fragen.

»Gibt es anderswo auch Kinder?«

Eduardo lächelte.

»Natürlich, mein Schatz, es gibt viele Kinder.«

»Und haben die alle so einen kleinen Hund wie ich?«

»Alle haben einen kleinen Hund.«

»Und ein *Schicksal?«*

»Einige haben es verloren und sind sehr traurig.«

Die Kleine umarmte Eduardo.

»Wenn ich dich verliere, sterbe ich.«

Hören Sie, es tut mir leid, aber da kommt mein Chef. Vielleicht sucht er mich, und ich will nicht, dass er mich mit einem Passagier plaudern sieht. Am Ende meint er noch, ich würde den ganzen Tag herumstehen und schwatzen. Ich wünsche Ihnen viel Vergnügen. Ich kann Sie nicht so stehen lassen?

Wie lasse ich Sie denn stehen?

Hören Sie, es tut mir wirklich sehr leid, ehrlich ... ich muss schleunigst verschwinden, ehe er mich sieht.

Kapitel zehn

Guten Morgen, Señora Juana. Ich habe mich davongestohlen, so bald ich konnte, um zu Ihnen zu kommen. Heute ist mein Geburtstag, wissen Sie? Ich verrate Ihnen nicht, wie alt ich werde, aber sehr alt. Schon sehr alt. Jedenfalls habe ich diese Törtchen mitgebracht und würde sie gern mit Ihnen zusammen essen. Eigentlich wollte ich auch Kerzen kaufen, aber es wären zu viele geworden. Ich hätte sechs Dutzend Törtchen gebraucht, um sie alle unterzubringen.

Ja, natürlich wäre das ein Grund, mit Champagner anzustoßen, aber … Sagen Sie bloß, Sie haben daran gedacht und haben eine Flasche hier? Sie sind mir eine, Juana. Immer so aufmerksam. Na, dann los, machen Sie sie auf.

Ich hole uns bei Sara in der Cafeteria zwei Gläser. Champagner muss man schließlich aus richtigen Gläsern trinken …

Tja, es gab keine Gläser. Wir werden mit Plastikbechern vorliebnehmen müssen. Aber es geht ja um den Champagner, nicht wahr? Sie sind wirklich ein Schatz. Jeden Morgen beim Aufwachen denke ich: *Am liebsten würde ich im Bett bleiben*, aber schon mein nächster Gedanke ist:

Na los, Salvador, zuerst fegst du ein Weilchen, und dann gehst du Señora Juana besuchen … Und das genügt, um mich auf die Beine zu bringen. Sie glauben mir nicht? Dann glauben Sie mir eben nicht. Warum sollte ich das sagen, wenn es nicht wahr ist?

Na dann, auf uns beide!

102 Ich wollte Ihnen den Schluss der Geschichte von Domingo Millón erzählen. Da musste ich gestern ja mittendrin unterbrechen. Sie haben mir auch etwas zu erzählen? Dann los, ich höre …

Das darf doch wohl nicht wahr sein! Nach all den Jahren hat er die Stirn, Sie anzurufen und Ihnen das zu sagen? Die Chilenin hat also genug von ihm, und jetzt will er sich mit Ihnen versöhnen. Und was werden Sie tun? Ich weiß schließlich sehr gut, was es heißt, allein zu sein, aber manchmal ist es besser, allein zu sein als in schlechter Gesellschaft. Und Ihr Mann hat Ihnen ja bewiesen, was für ein Mistkerl er ist. Man kann doch nach so vielen Jahren nicht einfach anrufen und so tun, als wäre nichts geschehen. Eine Unverschämtheit ist das. Eine Dreistigkeit, wissen Sie? Ein Typ ohne jedes Schamgefühl, der Sie nur ausnutzt … Schon gut, schon gut, ich beruhige mich. Wie bitte? Sie haben ihn zum Teufel gejagt? Das war genau richtig! Etwas anderes hat er nicht verdient. Er soll sich bloß nicht einbilden, dass er über Juana verfügen kann. Juana ist sich selbst genug und niemand verfügt über sie. Und einer, der sie so schlecht behandelt hat, schon gar nicht.

Noch einmal auf Ihr Wohl. Auf eine Frau, wie sie heutzutage Seltenheitswert hat.

Ach ja, natürlich, die Geschichte von Domingo. Aber geben Sie mir noch einen Augenblick Zeit, Ihre Neuigkeiten haben mich ein bisschen durcheinandergebracht, und ich weiß nicht mehr, wie weit ich war. Ah, richtig, als der Vertreter ihm das Mädchen als Willkommensgeschenk angeboten hat, wenn er dem Club beitritt.

»Wir bieten Ihnen die Mitgliedschaft im Club der unerhörten Wünsche an. Ein erlesener Club. Als Willkommensgeschenk dürfen Sie sie behalten. Sie heißt Eva, aber wenn Ihnen der Name nicht gefällt, können Sie ihr auch einen anderen geben. Sie gehört Ihnen für was auch immer Sie wollen. Haben Sie Lust, etwas über die weiteren Vorzüge unseres Clubs zu erfahren?«

Domingo war wie versteinert, das kann man sich ja vorstellen. Er wusste nicht mehr, wo er war. Da öffnete sich das Gate.

»Ich muss dieses Flugzeug nehmen«, stammelte er.

»Gehen Sie nur«, sagte der Mann und überreichte ihm einige Faltblätter mit dem Logo des Clubs.

Domingo hatte erwartet, dass sie versuchen würden, ihn aufzuhalten, aber nein: Sie lächelten ihm zu und entfernten sich, als sei das Angebot, das sie ihm gemacht hatten, das normalste von der Welt. Was für ein seltsamer Scherz war das?

Als er im Flugzeug saß, blätterte Domingo die Prospekte durch. Darunter befand sich auch ein Dreijahresvertrag auf seinen Namen und den des Unternehmens: Club der unerhörten Wünsche AG. Der Monatsbeitrag war gigantisch, doch stand ganz klar im Vertrag:

Lebensentwürfe nach Wahl. Das Unternehmen verpflichtet sich, jeden einzelnen Wunsch des Klienten unbesehen zu erfüllen. Sollte der Klient nicht zufrieden sein, erhält er sein

Geld zurück. Bei Konflikten mit der Justiz kümmert sich das Unternehmen um alles und stellt dem Mitglied die Anwälte der firmeneigenen Kanzlei zur Verfügung.

Er blätterte weiter. In einem anderen Dokument stand:

Willkommensgeschenk: Eva Miralles (befristet auf ein Jahr, verlängerbar bis maximal vier Jahre).

104 Verzeihen Sie, Señora Juana, aber das mit Ihrem Mann geht mir nicht aus dem Sinn ... Seit wie vielen Jahren hat er seine Töchter nicht gesehen? Die älteren vielleicht, aber die kleine würde er nicht einmal wiedererkennen. Höchstens weil Sie ihm die Fotos geschickt haben. Ich kann gar nicht fassen, was Sie mir da erzählt haben. Und wahrscheinlich haben Sie auch noch schlecht geschlafen und sich die ganze Nacht den Kopf zerbrochen, wie damals, als Sie dachten, diesen gelben Notizzettel am Schwarzen Brett hätte er geschrieben, aus Reue, und dann wochenlang nicht schlafen konnten ... Denn, wie gesagt, Einsamkeit ist sehr schlimm, und die Zeit lässt alle bösen Erinnerungen verblassen, bis nur noch die glücklichen übrig sind und wir am Ende meinen, alles sei ganz anders gewesen. Aber glauben Sie mir, Menschen ändern sich nicht. Und je älter wir werden, desto egoistischer werden wir. Das sage ich aus Erfahrung. Versprechen Sie mir, dass Sie sich von diesem Mann das Leben nicht vergällen lassen. Lassen Sie's gut sein ...

In Ordnung, ich lasse es jetzt auch gut sein. Entschuldigen Sie.

An diesem Wochenende war Domingo noch nervöser als am vorherigen.

»Nun sag schon, was mit dir los ist, mein Sohn«, wiederholte seine Mutter ein ums andere Mal und fing an zu schluchzen und lamentierte: *Früher hast du mir alles erzählt. Als du klein warst, habe ich mich an dein Bett gesetzt, und du hast mir alles erzählt, aber jetzt hast du mich nicht mehr lieb, du hast deine Mutter nicht mehr lieb, trotz allem, was sie für dich getan hat …*

Zwar war Domingo mehrmals kurz davor, ihr zu erzählen, was geschehen war, ließ es aber dann doch bleiben. Er hätte nicht gewusst, wo er anfangen sollte. Bei dem hübschen Mädchen, das ihn angesprochen und an der Nase herumgeführt hatte wie einen Idioten? Bei dem Verkäufer, der ihm ein Produkt anbot, das weder Hand noch Fuß hatte?

Als er nach Hause kam, dachte er schon gar nicht mehr daran. Er hatte sich mit dem Gedanken abgefunden, dass ihn offenbar zwei Betrüger hatten für dumm verkaufen wollen, und Schluss. Die hatten geglaubt, er würde ihnen auf den Leim gehen, aber wer würde schon auf eine so blöde Masche hereinfallen? Wer würde ihnen das abnehmen?

Er schloss seine Wohnungstür auf, stellte den Koffer in der Diele ab und ging ins Wohnzimmer, um den Fernseher auszuschalten. Anscheinend hatte er ihn angelassen.

»Bist du zurück, Liebling?«

Eva lag auf dem Sofa, nur mit einem seiner alten T-Shirts bekleidet, dem mit dem Kojoten und dem Roadrunner darauf.

»Was machst du denn hier?«

»Ich habe auf dich gewartet und bin eingeschlafen. Du kommst immer so spät. Können wir nie ein Wochenende gemeinsam verbringen? Ich verstehe ja, dass du deine Mutter liebst, aber ich langweile mich hier zu Tode, so allein. Ich sehe nur fern und werde vor lauter Eiscreme immer dicker … Vielleicht soll das ja ein Wink mit dem Zaunpfahl sein, weil du gern ein Pummelchen hättest.

Sie stand auf und legte die Arme um ihn.

»Hast du zu Abend gegessen?«

»Ich habe im Flugzeug ein Sandwich bekommen.«

»Sehr gut.« Sie fasste ihn bei der Hand. »Dann hast du ja noch Platz für die Torte, die ich zur Feier des Tages gebacken habe.«

»Was gibt es zu feiern?«

»Ist doch egal. Dass wir zusammen sind, dass wir uns lieben …«

»Aber du liebst mich doch gar nicht …«

Eva küsste ihn.

»Aber ich werde dich lieben. Weil ich glaube, dass es leicht sein wird, dich zu lieben. Wir werden ein wenig knapp bei Kasse sein, aber was soll's, wir haben ja uns … Ich gehe in die Küche und hole die Torte.«

Domingo sah ihr nach. Sie trug keinen Büstenhalter, dessen war er sicher, aber ob sie unter diesem Hemd, das ihr viel zu groß war, wohl einen Slip trug? Im Stillen tadelte er sich für diese Gedanken, da er ja eigentlich darüber nachdenken sollte, wie er sie wieder loswürde. Es klingelte.

»Geh du, Liebling, ich bin beschäftigt.«

Domingo ging zur Tür, und davor stand der Verkäufer vom Flughafen.

»Hallo, Domingo«, flüsterte er. »Ich will euch nicht stören, du bist gerade erst heimgekommen, und ihr wollt sicher für euch sein. Ich bin gleich wieder weg. Gibst du mir den Vertrag?«

Domingo öffnete den Koffer und übergab ihm die Papiere mit dem Clublogo.

»Nun, das freut mich.« Der Mann drückte dem sprachlosen Domingo die Hand. »Jetzt muss ich noch bei Señora Fina den Monatsbeitrag kassieren, dann ist Feierabend für heute.«

Domingo schien wieder zu sich zu kommen.

»Señora Fina? Woher kennst du meine Nachbarin?«

»Soll das ein Witz sein? Sie ist eines unserer ältesten Mitglieder. Früher war sie eine alte Jungfer, und dann wandte sie sich an uns, weil sie jemanden suchte, der ihr den Hof machte, sie wollte heiraten, ein Kind und Enkel haben. Das haben wir ihr natürlich alles erfüllt. Sie bekam einen Sohn. Nach fünf Jahren wurde sie geschieden, als der Vertrag ihres Mannes auslief, der übrigens mit dem Geld, das er dabei verdient hat, eine Karosseriewerkstatt in der Nähe des Paseo de la Alameda aufgemacht hat, die sehr gut läuft. Fina bevorzugt jetzt eher gelegentliche Abenteuer. Hast du dich nie gefragt, warum euer Briefträger so muskulös ist?«

»Du willst mich verarschen.«

Der Verkäufer zuckte mit den Schultern.

»Sehr erfreut, dich kennengelernt zu haben, Domingo. Du wirst per Post ein Büchlein und eine DVD mit allen Informationen erhalten, die du brauchst, um unsere Dienste zu nutzen, einschließlich einer rund um die Uhr erreichbaren Servicenummer, für Notfälle, du weißt schon.«

Domingo blieb reglos stehen und sah zu, wie der Verkäufer die Treppe hinunterging. Señora Finas Klingel schrillte, und in diesem Augenblick erschien Eva hinter ihm.

»Wer war das, Liebling?«

Domingo schloss die Tür. Eva hielt eine Erdbeertorte in der Hand.

»Ach nichts, nur einer, der sich im Stockwerk geirrt hat.«

»Dann lass uns ins Esszimmer gehen. Sieht köstlich aus. Du magst Erdbeeren, stimmt's?«

Domingo verzog keine Miene.

»Das solltest du doch wissen, ›Liebling‹.«

»Ich kann nicht alles wissen. Aber ich weiß, dass du gern Erdbeeren isst.«

»Weißt du, welches meine Lieblingsfarbe ist?«

»Blau.«

»Und mein Fußballverein?«

»Du guckst nie Fußball. Komm mir doch nicht so.«

»Wie heißt mein Chef?«

»Arturo. Er ist auch im Club. Du solltest mal sein Curriculum sehen: *Facharbeiter*. Aber der Mann sehnte sich danach, Chef irgendeiner Firma zu werden ...«

Domingo schien nicht zuzuhören. Er setzte seine Attacke fort:

»Wer ist mein bester Freund?«

»Jaime Solana. Ihr seid zusammen zur Schule gegangen, hattet aber später immer weniger Kontakt. Übrigens könntest du ihn in den nächsten Tagen einmal anrufen.«

»Weißt du, warum er mein bester Freund ist?«

Eva überlegte.

»Wegen der Sache mit Mariló Pérez, nehme ich an ...«

Domingo betrachtete sie stumm, mit einer Ruhe, die schon an Wahnsinn grenzte.

»Wovon sprichst du? Woher kennst du Mariló Pérez?«

»Sie ist doch das Mädchen, mit dem du deine Unschuld verloren hast, nicht wahr?«

»Und was hat das mit Jaime zu tun?«

»Nichts, da habe ich wohl etwas durcheinandergebracht. Warum ist er denn dein bester Freund?«

»Weil keiner in der Klasse mit uns befreundet sein wollte. Weder mit ihm noch mit mir. Ich war fett, und er trug orthopädische Schuhe und eine Augenklappe. Wir taten uns zusammen, weil uns nichts anderes übrig blieb. Die Freakies. Sonst wären wir allein gewesen.«

»Ich finde dich nicht fett. Warte einen Moment.«

Sie eilte ins Schlafzimmer und kam wenige Sekunden später zurück.

»Ich dachte, ich hätte einen Freunde-Katalog in meiner Tasche. Ich habe ihn aber nicht dabei. Morgen bringe ich ihn dir mit, und du suchst dir einen aus. Wenn du Jaime satthast …«

»Warum hast du Mariló erwähnt?«

»Vergiss es. Iss deine Torte, und hinterher vögeln wir ein bisschen. Im Stehen an der Wand, bis die Nachbarn die Polizei rufen, weil die Schläge und Schreie sie nicht schlafen lassen … Ha, ha, gefällt es dir, wenn ich so rede, wie ein leichtes Mädchen? Oder hättest du mich lieber sittsamer?«

Domingo platzte der Kragen.

»Wer seid ihr? Was wollt ihr von mir?«

Eva erhob sich von ihrem Stuhl.

»Das weißt du doch. Hat man dir das nicht erklärt?«

»Okay. Club der unerhörten Wünsche AG: Ich wünsche mir ein Cabrio vor der Haustür.«

Domingo schnippte mit den Fingern.

»So funktioniert das nicht. Das hier ist nicht der Film von Aladin, und ich bin nicht der Geist aus der Lampe. Du musst das 24-Stunden-Telefon anrufen und den Anweisungen folgen. Aber gut, sag mir einfach, welches Modell du willst, und ich bestelle es dir selbst.«

»Und das ist alles?«

»Der Club hat viele Autos. Wenn du es nicht mehr magst, geben wir es jemand anderem. Natürlich wird es ein Gebrauchtwagen sein. Lies das Kleingedruckte, wenn du etwas einzuwenden hast.«

»Bist du auch gebraucht?«

Eva ließ sich aufs Sofa fallen und begann zu weinen. Im selben Augenblick bereute Domingo seine Worte.

»Es tut mir leid, Eva.«

Er setzte sich neben sie und nahm sie in die Arme. Die Tränen rannen ihr über die Wangen und tropften auf Domingos Hemd.

»Tut mir leid … ich habe es nicht so gemeint. Was soll ich tun, damit du mir verzeihst?«

Eva warf sich über ihn.

»Verliebte, die sich streiten, versöhnen sich, indem sie miteinander schlafen.«

Fassungslos sprang Domingo auf, sodass Eva von der Couch fiel. Sie blieb zu seinen Füßen auf den Knien liegen.

»Gefalle ich dir nicht?«

»Das ist doch verrückt. Wie solltest du mir nicht gefallen? Aber es ist unsinnig. Wir kennen uns doch kaum.«

»Ich weiß alles, was ich über dich wissen muss.«

»Und ich weiß überhaupt nichts von dir.«

»Einige Dinge weißt du.«

»Ich weiß gar nichts.«

»Doch, du weißt, dass ich in meinen Geschichtslehrer verliebt war. Das erzähle ich schließlich nicht Hinz und Kunz. Schau her.«

Sie zog das Hemd hoch und zeigte ihm ihren Schenkel.

»Jetzt weißt du, dass ich ein kirschenförmiges Muttermal am Oberschenkel habe. Wenn man so etwas Intimes weiß, bedeutet das doch, dass man sich kennt, oder nicht?«

In diesem Moment ertönte die Klingel.

»Wenn du wiederkommst, lernen wir uns noch besser kennen«, sagte sie mit einem verheißungsvollen Lachen.

Völlig verwirrt ging Domingo in die Diele. Wieder stand der Verkäufer vor der Tür.

»Entschuldige bitte, Domingo. Aber du hast vergessen, den Vertrag zu unterschreiben.«

Er wies auf die Dokumente in der Mappe. Nach kurzem Schweigen explodierte Domingo.

»Gar nichts werde ich unterschreiben!«

»Ich habe gedacht ...«

»Du spinnst. Verschwinde aus meinem Haus. Ich will dich nie wieder sehen. Lass mich in Frieden!«

Der Verkäufer zuckte mit den Schultern.

»Beruhige dich ...«

»Verschwinde, oder ich rufe die Polizei.«

»In Ordnung, ich gehe ja schon, du brauchst mich nicht anzuschreien ... Eva!«

Eva erschien im Flur. Sie hatte sich bereits ausgezogen und stand splitternackt da.

»Zieh dich an. Señor Domingo möchte seine Mitgliedschaft stornieren.«

Eva ging ins Schlafzimmer, um ihre Sachen zu holen.

»Ich bin ein ganz normaler Mensch«, entschuldigte sich Domingo bei dem Verkäufer. »Das ist nichts für mich. Ich möchte heiraten und eine Familie haben, aber nicht so. Ich möchte ein Mädchen kennenlernen, mich verlieben, Kinder haben … so schwierig dürfte das doch nicht sein, oder was meinen Sie?«

Der Verkäufer lächelte und sah auf die Uhr.

»Nein, natürlich nicht. Sie sind noch jung.«

Da tauchte Eva auf, in einem schwarzen Kleid und hohen Stiefeln. Sie gab Domingo einen Kuss auf den Mund.

»Tja, jammerschade. Die Wohnung gefällt mir. Und du scheinst ein goldiger Kerl zu sein. Die Schüchternen sind die besten Liebhaber und die besten Gesprächspartner … wenn sie erst einmal die Hemmungen ablegen.«

Die beiden wandten sich ab und drückten auf den Fahrstuhlknopf. Domingo wusste nicht, was er sagen sollte.

»Wie ist es mit Señora Fina gelaufen?«

Der Verkäufer schmunzelte.

»Sie hat einen Weihnachtsmann bestellt, der zu ihren Neffen kommen soll. Es ist zwar noch eine Weile hin, aber der Club hat nur eine begrenzte Anzahl von Weihnachtsmännern, und wenn man nicht rechtzeitig einen anfordert …«

»Kann man auch Dinge für andere bestellen?«

»Na klar.«

Eva zögerte. Dann gab sie sich einen Ruck und sagte:

»Das habe ich vorhin gemeint. Jaime Solana gab den Auftrag, dass du an deinem achtzehnten Geburtstag mit Mariló Pérez deine Unschuld verlieren solltest. Es war sein Geburtstagsgeschenk. Und da er wusste, dass dir das Mädchen gefiel und du alles gegeben hättest, um mit ihr zu schlafen …«

Domingo erbleichte.

»Das ist unmöglich. Du lügst.«

Der Verkäufer zuckte mit den Schultern, und Eva lächelte schief.

»Die einzige Frau, die ich in meinem ganzen Leben herumgekriegt habe, war ein Geburtstagsgeschenk. Pathetischer geht es wohl kaum.«

Eva trat zu ihm und ergriff seine Hand.

»Mach dir nichts draus. Du bist wundervoll, und viele Frauen wären sehr glücklich, mit dir auszugehen. Du musst nur deine Mutter überreden, die Sperre aufzuheben.«

Der Aufzug kam.

»Was für eine Sperre?«

»Die sie über dich verhängt hat. Seit deinem fünfzehnten Lebensjahr wacht der Club darüber, dass dir keine Frau zu nahe kommt. Das mit Mariló war eine Ausnahme. Und deine Mutter weiß selbstverständlich nicht, dass wir uns über die Sperre hinweggesetzt haben.«

»So etwas würde meine Mutter nie tun.«

Der Verkäufer zuckte ein letztes Mal mit den Schultern.

»Nein, natürlich nicht … Nett, dich kennengelernt zu haben, Domingo.«

Eva warf ihm eine Kusshand zu. Sie bestiegen den Fahrstuhl, und im selben Moment öffnete sich die Tür seines Nachbarn Pedro.

»Ich konnte nicht umhin, Ihre Unterhaltung mit anzuhören. Wenn die Señorita heute Abend nichts anderes vorhat, könnte sie hierbleiben. Die ›Gattin‹, die man mir gegeben hat, macht zwei Wochen Urlaub bei ihrer echten Familie, und ich fühle mich sehr einsam. Ich habe schon den 24-Stunden-Service angerufen, aber da ist dauernd besetzt.«

»Sonntage sind für alle schwierig.«

Eva trat wieder aus dem Aufzug, verabschiedete sich von dem Verkäufer und ging in Pedros Wohnung.

Domingo schloss die Tür. Er überlegte jetzt, selbst die Polizei anzurufen, weil die Schläge gegen seine Wand ihn nicht schlafen ließen.

Kapitel elf

Verzeihung, haben Sie eine Zigarette? Ich rauche eigentlich nicht, aber einmal ist keinmal. Ich habe Sie das Päckchen hervorholen sehen und plötzlich Lust bekommen … Ja, kommen Sie mit, ich zeige Ihnen den Weg zum Raucherraum. Ich spreche immer von der Quarantänestation, alle dort eingesperrt, abgeschottet von der Außenwelt.

Wohin fliegen Sie, wenn ich fragen darf … Tokio? Nun ja, um ehrlich zu sein, ist das nicht die beste Wahl. Wenn man bedenkt, wie viele Reiseziele es auf der Welt gibt, hätten Sie sich auch ein anderes aussuchen können. Haben Sie noch Zeit umzubuchen? Nein, natürlich nicht, das Flugzeug startet ja gleich … na ja, was man so starten nennt …

Nein, nein, das soll gar nichts heißen. Das Flugpersonal wird Sie schon aufklären. Ich mache hier nur sauber. Allerdings arbeite ich schon so viele Jahre am Flughafen, dass ich über gewisse Dinge Bescheid weiß … heikle Dinge, von denen ich eigentlich gar nichts wissen dürfte.

Ja, sicher, Japan ist ein sehr teures Land. Aber nicht aus diesem Grund habe ich gesagt, es sei ein schlechtes Reiseziel. Dass es als teuer gilt, soll ja gerade der

Abschreckung dienen. Je weniger Leute hinfahren, desto besser. Überrascht Sie das? Denken Sie doch mal ein bisschen nach. Kommt es Ihnen nicht so vor, als sei dieses Land absichtlich gemacht, um Touristen fernzuhalten? Ich male mir aus, wie sie es erfunden haben …

»Komm, ein Nationalsport …«

»Zwei Fettwänste im Tanga, die sich gegenseitig herumschubsen, das wäre doch witzig.«

»Und welches Essen klingt am scheußlichsten?«

»Roher Fisch klingt ziemlich eklig …«

»Gut … und den lassen wir sie mit Stäbchen essen, hi, hi, damit er wegflutscht …«

»Und dann müssen sie dabei auch noch auf dem Boden sitzen und sich die Bandscheiben ruinieren …«

»Die Sprache?«

»… müsste eine sein, die fast unmöglich zu erlernen ist …«

»Mit zwei Alphabeten, ha, ha …«

»Nein, mit drei …«

Stellen Sie sich nur mal vor, die müssen sich totgelacht haben!

Sie verstehen nicht, wovon ich rede. Na, dann werde ich es Ihnen erklären. Aber wir sollten leise sein. Es darf nicht publik werden. Ihnen sage ich es, weil die Stewardessen es Ihnen ja sowieso gleich erzählen werden. Ob Sie es ein wenig früher oder später erfahren, spielt also keine Rolle …

Japan existiert nicht.

Ich weiß, das klingt seltsam. Sehen Sie mich nicht so an. Japan ist nur eine Fassade. Eine Marketingmaßnahme wie jede andere auch. Eine Erfindung, um Technologie zu verkaufen. Und es hat geklappt. *Made in Japan* ist heutzutage die beste Garantie, um ein Fernsehgerät oder ein Auto zu vermarkten.

Ich habe genauso ein Gesicht gemacht, als ich das gehört habe. Ich bekam zufällig mit, wie man es einigen Touristen erklärte, die, wie Sie, ein Flugticket gekauft hatten.

Yoko Ono? Sie sind mit Fragen aber fix bei der Hand. Ich bedaure nur, Ihnen sagen zu müssen, dass Yoko Ono Chinesin ist. Können Sie Japaner von Chinesen unterscheiden? Ich auch nicht. Natürlich nicht. Einige chinesische Kinder werden gleich nach der Geburt von multinationalen Konzernen gekauft. Sie bekommen einen falschen Namen und werden gezwungen zu behaupten, sie stammten von einer vulkanischen Insel namens Japan. Es gibt etliche Handbücher, die diesen Chinesen helfen, sich als Japaner auszugeben. Sie werden dafür bezahlt, die Rolle einzustudieren und sie ihr Leben lang zu spielen. Ganz einfach.

Sie werden sich jetzt dasselbe fragen wie ich, als ich davon erfahren habe: Und diese wunderschönen Fotos von Gärten und Tempeln ...?

Fotomontagen. Anfangs baute man Modelle, heute benutzt man Photoshop ...

Und mit der Literatur, dem japanischen Kino, den Geishas, dem Sake ist es das Gleiche. Erfunden. Nun ja, das werden die Ihnen noch genauer erklären. Ich weiß es nur vom Hörensagen.

Sehen Sie, in Cuenca, um ein Beispiel zu nennen, das sich mir eingeprägt hat, lebt ein Mann, Rodrigo Meléndez, der Romane schreibt, die er dann unter japanischen Namen veröffentlicht. Kennen Sie Yukio Mishima oder Kenzaburo Oe? In Wahrheit sind ihre Romane von

Rodrigo Meléndez. Die Designer hatten ursprünglich Anweisung, eine so absonderliche Kultur zu entwerfen, dass niemand würde hinreisen wollen und sich der Schwindel somit aufrechterhalten ließe.

Aber Sie wissen ja, wie wir Menschen sind. Bei uns kann man nie wissen. Die Leute fanden Vergnügen daran, auf dem Boden zu schlafen, gewalttätige Trickfilme zu sehen und sich von der Wasabi-Sauce die Tränen in die Augen treiben zu lassen. Mit einem Mal war Japan der letzte Schrei.

Und es gibt Leute, die es verstehen, Modeerscheinungen geschickt zu nutzen.

Das Sushi hat ein portugiesischer Koch erfunden, der damit allerdings nicht viel Erfolg hatte, außer bei den streunenden Katzen, die scharenweise zu den Mülleimern des Restaurants strömten, in dem er arbeitete ... Portugal ist nun mal nicht besonders schick, machen wir uns nichts vor. Wenn Sie die Wahl zwischen einer japanischen und einer portugiesischen Mikrowelle haben, für welche entscheiden Sie sich? ... Eben ... Und so blieb das Sushi, das im Original *Pescado cru com arroz branco*, also *Roher Fisch mit weißem Reis* hieß, so lange uninteressant, bis jemand auf die Idee kam, ihm einen exotischen Namen zu verpassen und es zum japanischen Nationalgericht zu ernennen. Die Reaktion war erstaunlich: Alle Welt fing an, wie verrückt Sushi zu essen.

Nein, werden Sie nicht sauer, Sie brauchen sich auch nicht bei Ihrem Reisebüro zu beschweren. Ich versichere Ihnen, dass Sie Ihren Spaß haben werden. In Almería, wo man mit so was ja Erfahrung hat, wurde der Themenpark Klein-Japan errichtet, und dort gibt es alles. Im Restaurant Osaka wird Ihnen der Küchenchef Sebastião

Cudeira das beste Sushi servieren, das Sie je gekostet haben. Ich bin überzeugt, dass es in ganz Japan, selbst wenn es existierte, keinen so guten Küchenchef gäbe wie diesen fettleibigen Herrn mit seinen rosigen Pausbacken …

Was hatten Sie denn vor auf dieser Reise? Nein, ich will Sie nicht aushorchen. Später wird man Sie das ohnehin fragen. Sie sollten sich nichts verkneifen. Der Veranstalter wird so freundlich sein, Ihnen alles zur Verfügung zu stellen, was Sie wünschen. Gratis, Sie werden schon sehen. Bedenken Sie, dass Sie im Gegenzug das Geheimnis bewahren sollen, es ist ihm also durchaus daran gelegen, Sie ein bisschen zu verwöhnen.

Ich gebe Ihnen eine kurze Zusammenfassung und verschwinde, weil ich weiterkehren muss: Man wird vor den Kulissen ein paar Erinnerungsfotos von Ihnen schießen und Ihnen dann eine 3D-Brille aufsetzen. Ihr chinesischer Fremdenführer zeigt Ihnen das virtuelle Tokio und gibt Ihnen einige Prospekte und einen Plan des gesamten Klein-Japan-Komplexes. Yogakurse in der Sporthalle, Teezeremonie im Separee … was Sie wollen.

Aber ja, wenn ich es Ihnen doch sage. Was immer Sie wollen. Sie müssen es nur verlangen. An was hatten Sie denn gedacht?

Sie brauchen sich nicht zu genieren, Mann.

Sie würden gern mit einer Japanerin schlafen? Das ist nicht Ihr Ernst, oder? Aber die sind doch so spillerig!

Verzeihen Sie meine Bemerkung. Wenn Sie darauf stehen. Mich reizen die Asiatinnen überhaupt nicht. Ich hab's lieber, wenn was dran ist, wenn Sie wissen, was ich meine … Wie an Señora Juana, die von dem Kiosk in der Abflughalle, haben Sie die gesehen? Schon gut, nicht so wichtig …

Ich frage mich nur: Nachdem Sie nun wissen, dass es gar keine japanischen Mädchen gibt, sondern nur chinesische, sind Sie dann immer noch scharf drauf?

Das ist nicht das Gleiche, hab ich mir doch gedacht. Tja, eine Chinesin oder keine. Es gab da ein sehr nettes Mädchen, Lin Chen, die aber von allen Seiko gerufen wurde, wie die Uhren. Neunzehn Jahre jung. Die wird man Ihnen vermutlich schicken zur … Befriedigung Ihrer Wünsche. Genau weiß ich es aber nicht, vielleicht haben sie sie auch ausgewechselt, und es macht jetzt eine andere.

Ja, ja, völlig umsonst. Vergessen Sie nicht, dass man sich damit Ihr Stillschweigen sichert. Und das bezahlt man nicht mit einer Tüte Bonbons.

Wie bitte? Oh nein, das geht nicht. Nichts dagegen, wenn Sie zwei Fliegen mit einer Klappe schlagen wollen, aber ein schwarzes Mädchen wird gewiss nicht mit von der Partie sein. Es ist ein bisschen unsinnig, nach Japan zu fahren, um eine Schwarze aufzureißen. Lin Chen wird Ihnen vollauf genügen – sobald Sie an der Reihe sind, denn sie ist äußerst begehrt. Tragen Sie sich gleich in die Liste ein, wenn Sie in Klein-Japan eintreffen, dann können Sie sich die besten Zeiten aussuchen, andernfalls bekommen Sie womöglich einen Termin um fünf Uhr morgens, und um diese Zeit ist man zu nichts zu gebrauchen … Nein, es ist nicht verwunderlich, dass sie so viele Überstunden macht. Die Männer verlangen alle dasselbe. Die Frauen geben sich damit zufrieden, entspannt im Whirlpool zu liegen. Als man den Mythos verbreitete, die japanischen Männer seien nicht gut bestückt, wusste man genau, was man tat. Damals gab es noch eine richtig gute Antimarketing-Abteilung, nicht wie die heutige, die längst keinen Touristen mehr verprellt. Wenn das so weitergeht, wird Klein-Japan bald wirklich zu klein und sie müssen es erweitern. Manch einer kauft im Hinblick auf den Ausbau dort unten in Almería bereits das angrenzende Land auf. Wie gesagt, es gibt halt Leute mit einem guten Riecher …

Ob Japan das einzige Land ist, das nicht existiert? Tja, das weiß ich nicht. Das ist vertraulich. Ich weiß sowieso schon zu viel. Ich kann nicht alles wissen.

Gute Reise. Und zünden Sie sich nicht noch eine an, Rauchen schadet der Gesundheit …

Schön, eine letzte Frage noch … Die vielen Japaner, die überall mit ihren Kameras unterwegs sind? Nein, es gibt sie nicht *massenweise*, das sieht nur so aus. Es sind immer dieselben. Etwa fünfzig. Sie sind angestellt, um zu reisen und zu fotografieren. Ein Job, so respektabel wie jeder andere auch, finden Sie nicht? Obwohl die Familie darunter leidet. Ich habe einen Cousin, der Lastwagenfahrer ist und fast nie seine Frau sieht …

Wie dem auch sei, man wird Sie schon noch informieren. Ich muss mich wieder an meine Arbeit machen.

Sayonara. Und grüßen Sie Lin Chen von mir.

Kapitel zwölf

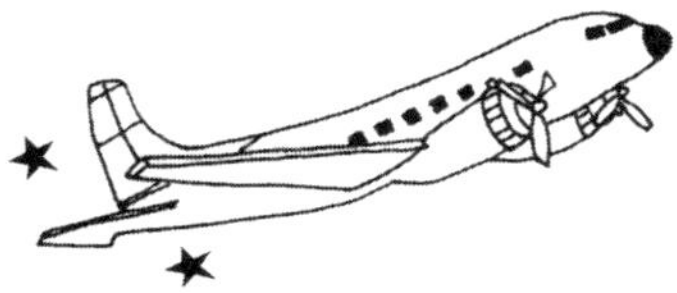

Sie hätten vermutlich dasselbe gesehen wie ich: eine junge Mulattin, vollkommen in Gedanken versunken, die auf einer Bank sitzt, die Hände im Schoß gefaltet und den Blick starr auf irgendeinen zufällig gewählten Punkt gerichtet. Vielleicht hätten Sie gedacht, ›junge Mädchen verlieren sich leicht in Träumereien‹, und wären weitergegangen. Hätten Sie dem Mädchen – unwillkürlich oder aus purer Langeweile – noch ein paar Sekunden länger Aufmerksamkeit geschenkt, hätte es vermutlich einen besorgten Eindruck auf Sie gemacht. ›Sieht aus, als sei dieses Mädchen ein bisschen traurig‹, und ohne einen Versuch, dieses kleine Rätsel zu lösen, wären Sie dann tatsächlich weitergegangen. Und wenn ich Ihnen sagen würde, dass sie schon seit Stunden so dasaß, ohne sich zu rühren? Vielleicht hätten Sie ihr dann noch einen dritten Gedanken gewidmet. Das ist mehr, als wir Unbekannten für gewöhnlich zugestehen.

Es gibt viele Arten zu schauen und viele Arten zu sehen. Wissen Sie, dass es eine ganz bestimmte Form gibt, orientalische Gärten zu betrachten? Den Taoisten zufolge braucht es dazu den geeigneten Standpunkt und eine angemessene Körperhaltung. In Asien glaubt man, jedes Kunstwerk erfordere eine eigene Form des Kennenlernens, der Annäherung und der Entschlüsselung seiner Geheimnisse.

Wenn Sie in ein Antiquitätengeschäft gehen und dem Verkäufer sagen, Sie würden gern eine wirklich teure Vase kaufen, wird er Ihnen vermutlich erst einmal ein billiges Stück zeigen, nur um zu sehen, wie Sie es prüfen.

Fassen Sie die Vase richtig an, wird er höchstwahrscheinlich sagen:

»Vergessen Sie die, gehen wir nach hinten, und ich zeige Ihnen etwas wirklich Wertvolles.«

Die Orientalen sind der Auffassung, das Wichtigste an einem Gemälde seien die freien Flächen, die der Maler nicht ausmalt, und das Wichtigste an einem Gedicht sei das Unausgesprochene. Geschriebene Worte sind nur Worte. Man muss über oder unter der Tinte suchen. Das Unsichtbare finden, das Verborgene, die Seele des Gedichts. Eine Vase ist nur eine Vase, wenn du sie nicht zu betrachten weißt. Für alle, die durch die Abflughalle gingen, war dieses Mädchen einfach nur eine geistesabwesende dunkelhäutige Jugendliche.

Für alle außer Pau.

Das ist nicht verwunderlich. Pau hatte eine Künstlerseele. Er wusste die Dinge anzuschauen. Schon auf den allerersten Blick erkannte er, dass sie etwas Besonderes war.

Habe ich Ihnen schon mal von Pau erzählt? Pau war ein Arbeitskollege von mir, der, den ich von allen am liebsten mochte. Jedes Jahr am ersten Juli kam er in den Umkleideraum und sagte:

»Da bin ich wieder, Don Salvador. Haben Sie mich das Jahr über sehr vermisst?«

Für die beiden Sommermonate gehörte er zu meiner Putzkolonne. Er war ein reizender junger Mann. Einer dieser Menschen, die dir durch ihre bloße Gegenwart den Tag versüßen. Durch ihre Fröhlichkeit, ihre Energie, ihre Umgänglichkeit, ich weiß nicht, wie ich es erklären soll, aber bestimmt kennen Sie auch so jemanden … Schon im Bus auf dem Weg zum Flughafen – ich habe keinen Führerschein – überlegte ich mir eine Anekdote für ihn. Im Geist zerpflückte ich sie und setzte sie wieder zusammen, um die beste Erzählform zu finden. Pau liebte meine Geschichten.

»Was haben Sie heute für mich, Don Salvador?«

Ich antwortete, gar nichts hätte ich, mir seien die Anekdoten ausgegangen. Dann zog er die Augenbrauen hoch und lachte.

»Sie haben einmal gesagt, Sie hätten mehr Geschichten als Tage, um sie zu erzählen. Kommen Sie schon, lassen Sie sich nicht so bitten. Und wenn Ihnen gar nichts einfällt, erzählen Sie mir eben noch mal die vom *Fat Girl Rodeo* und den seltsamen Machenschaften des Clubs der unerhörten Wünsche. Oder die von der Frau, die Sie mit ihrem Liebhaber verwechselt hat …«

Warum ich keinen Führerschein habe, fragen Sie? Ich weiß es nicht. Ich habe noch nie einen gebraucht. Finden Sie das so ungewöhnlich?

Hören Sie auf, bringen Sie mich nicht vom Thema ab, das kann ich auch allein. Wir sprachen von einem reglosen jungen Mädchen auf einer Bank im Flughafen. So reglos, dass man den Eindruck hatte, ihr Herz müsste jeden Augenblick stehen bleiben, zu erschöpft, um weiter Blut durch einen versteinerten Körper zu pumpen … Das habe ich aber schön gesagt, nicht wahr?

Zu erschöpft, um weiter Blut durch einen versteinerten Körper zu pumpen ...

Pau fegte in der Nähe ihres Sitzplatzes. Er blickte auf und sah sie. Und schon konnte er die Augen nicht mehr von ihr wenden. Er betrachtete ihre zerbrechliche Gestalt wie der sachverständige Kunsthändler seine Vase.

Einige Sekunden lang bildeten wir ein Dreieck. Sie, vertieft ins Nichts. Er, vertieft in sie. Und ich, auf meinen Besen gestützt, sah ihnen zu, ganz ergriffen davon, Zeuge eines großen Ereignisses zu sein. Denn irgendwie hatte ich das Gefühl, dass es etwas Großes sein musste, plötzlich, fast überfallartig, das zu finden, wonach man schon lange gesucht hat.

Glauben Sie an die Liebe auf den ersten Blick? Ich war immer ziemlich skeptisch. Ich habe eisern die Überzeugung vertreten, Liebe entstehe langsam und mit Geduld. Pau dagegen hatte eine viel romantischere Auffassung, für ihn war die Liebe wie ein Sturm, ein Orkan, der alles mitreißt, was sich ihm in den Weg stellt. Ich fand die Liebe, die wahre, die Für-immer-Liebe, mit Arbeit und mit der Zeit. Pau wurde schlagartig von ihr erfasst. Letztlich ist es die Realität, die sich uns anpasst, meinen Sie nicht auch? Je nachdem, wonach wir fragen, fällt die Antwort unterschiedlich aus.

Ich kann nur schmunzeln über diese Wissenschaftler, die glauben, sie könnten mit mathematischen Formeln die Welt erklären. Als ob das ginge. Als ob es nur eine Welt gäbe.

»*Hola*, ich heiße Pau.«

Das Mädchen sah ihn ausdruckslos an. Er wiederholte es auf Englisch. Sie antwortete auf Spanisch mit einem starken Akzent, den er nicht zuordnen konnte.

»*Hola.*«

Pau lächelte.

»Wie heißt du?«

»Ich weiß es nicht.«

»Du musst doch deinen Namen wissen.«

Das Mädchen starrte ihn an, Furcht und Verzweiflung im Blick.

»In welchem Land sind wir?«

Es mag seltsam klingen, aber die Geschichte war folgende: Anscheinend war sie zum ersten Mal geflogen und hatte große Angst. Vor der Landung schloss sie sich in der Toilette ein. Fragen Sie mich nicht warum. Vermutlich gab es gar keinen Grund. Sie fühlte sich dort sicherer, das war alles. Verkrampft setzte sie sich auf die Kloschüssel. Wieso das Flugpersonal nichts bemerkt hatte? Das weiß ich auch nicht. Es war jedenfalls niemandem aufgefallen, dass das Mädchen nicht auf seinem Platz saß, sondern sich in der Toilette eingesperrt hatte.

Was natürlich keine gute Idee gewesen war. Bei der Landung schlug sie sich den Kopf an und verlor für einige Minuten das Bewusstsein. Als sie wieder zu sich kam, öffnete sie die Tür und kam heraus.

»Was tun Sie da? Wissen Sie nicht, dass das verboten ist?«, sagte ein Steward zu ihr.

Sie stieg wortlos aus. Der Steward beließ es dabei. In gewisser Weise war er für diese Fahrlässigkeit verantwortlich, darum war es besser, sie gehen zu lassen.

Nachdem sie völlig orientierungslos durch mehrere Gänge geirrt war, erreichte sie das Terminal und setzte sich an den Platz, wo Pau sie entdeckte. Sie wusste nicht, wer sie war, noch, wo sie sich befand oder was sie dort wollte.

»Hast du keinen Ausweis?«

Das Mädchen schüttelte den Kopf.

»Das ist unmöglich. Wie bist du durch die Zollkontrolle gekommen? Du siehst nicht aus wie eine Spanierin. Du sprichst mit deutlichem Akzent. Was ist deine Muttersprache?«

Nachdem sie sekundenlang wie gelähmt war, begann sie, französisch zu sprechen.

»Bist du Französin?«

Sie zuckte mit den Achseln und kramte in ihrer Handtasche. Sie hatte eine englische Zeitschrift bei sich. Das Wasserfläschchen war ebenfalls aus England. Auch ihr Flugticket fand sich. Offenbar war sie am Flughafen Heathrow abgeflogen. Wenngleich das nicht viel nützte, da Langstreckenflugzeuge häufig in London zwischenlanden. Sie konnte von jedem Ort der Welt nach Heathrow gelangt sein. Dem Aussehen nach war sie halb Europäerin, halb Afrikanerin, dachte Pau.

»Hast du sonst nichts bei dir, was dir helfen könnte?«

»Nein.«

»Und die Zeitschrift, verstehst du die? Kannst du Englisch?«

Sie betrachtete sie eingehend.

»Ich verstehe ein bisschen. Aber es ist eine Modezeitschrift. Vermutlich habe ich sie wegen der Fotos gekauft.«

Als Nächstes taten sie, was man in solchen Fällen logischerweise tut. Sie fragten nach, ob an diesem Vormittag irgendein vergessenes Gepäckstück gefunden worden war. Sie mussten Schlange stehen, aber schließlich kamen sie an die Reihe.

»Jeden Tag kommen zig Passagiere aus genau dem gegenteiligen Grund zu uns, weil ihr Koffer nicht rechtzeitig eingetroffen ist. Allem Anschein nach habe ich einen guten Job, ich sitze hier, mit Klimaanlage und Computer, aber es kostet echt Nerven. Nichts funktioniert richtig, und wer muss sich um die aufgebrachten Kunden kümmern? Ich. Verständlich, dass sie sauer sind. Die vierzehn Ferientage, die wir im Jahr haben, will niemand auf dem Flughafen verbringen, weil die Maschine überbucht ist, niemand will in Jeans Strandurlaub machen müssen, weil der Bikini in einem fehlgeleiteten Koffer steckt.

Ihr Fall ist eher ungewöhnlich, aber ab und zu kommt so was schon mal vor. Ich weiß nicht, ob Ihnen das bekannt ist, aber das Gepäck wird direkt ans Ziel befördert, während der Passagier von Stadt zu Stadt fliegt und immerzu umsteigen muss. Hat ein Flugzeug ein wenig Verspätung, erreicht der Passagier seinen Anschlussflug nicht, und *voilà!*, schon kreist sein Koffer den ganzen Tag lang auf dem Gepäckband. Heute aber nicht. Heute war tatsächlich ein ziemlich ruhiger Tag.«

Sie erkundigten sich auch, ob eine Brieftasche oder ein Pass in einem der Flieger aus Heathrow gefunden wurde. Vermutlich in der Toilette. Der Bedienstete machte einen Telefonanruf und schüttelte den Kopf.

»Nein, Señorita, es sei denn, Sie sind Philip Martin.«

Sie gingen in die Ankunftshalle, aber dort war niemand, der auf das Mädchen gewartet hätte. Falls jemand gekommen sein sollte, um sie abzuholen, hatte er es längst aufgegeben. Das Naheliegendste war, dass derjenige versucht haben könnte, sie anzurufen.

»Hast du kein Handy dabei?«, fragte Pau.

Die Frage schien sie zu verärgern.

»Ich habe schon dreißigmal meine Tasche durchsucht. Ich habe nichts weiter dabei. Nur eine Zeitschrift, eine Flasche Wasser und ein Portemonnaie mit ein paar Euro, das ist alles.«

»Komm mit.«

Pau führte sie zu einer großen Korkwand mit Botschaften, die die Leute dort angepinnt hatten. Es gab fast zwanzig Nachrichten auf den unterschiedlichsten Zetteln in allen möglichen Sprachen, außerdem Werbung für ein Taxiunternehmen und ein Hotel. Diese beiden letzten riss er ab. Das Schwarze Brett war ausschließlich für die Kommunikation der Fluggäste. Wenn man zuließ, dass sich dort Reklame breitmachte, hätte es binnen Tagen seinen Zweck eingebüßt und sich in eine große Anzeigentafel verwandelt.

»Siehst du irgendeine Nachricht, die dir bekannt vorkommt?«

Einen nach dem anderen las sie die Zettel, die sie entziffern konnte. Nur ein einziger hätte eventuell passen können: *Wir haben auf dich gewartet, aber du warst nicht im Flieger. Wenn du gelandet bist, ruf an: Tel. …* Nur war diese Botschaft leider an Melquíades Mejía adressiert.

»Hast du das gelesen?«, fragte das Mädchen, als ihr Blick an einem Abschiedsgruß auf einem gelben Stück Papier hängen blieb.

Pau nickte, in Gedanken aber war er mit etwas anderem beschäftigt.

»Wenn du willst, kannst du heute bei mir übernachten.«

Sie gab keine Antwort. Sie war zu müde und verwirrt, um abzulehnen. Außerdem hatte sie nicht viel Geld bei sich. Schlafen schien ihr eine verführerische Idee, eine Fluchtmöglichkeit, wenn auch nur eine vorübergehende.

Manchmal gehen wir mit der Hoffnung schlafen, dass beim Erwachen alles anders ist. Haben Sie das nicht auch schon erlebt? Und seltsamerweise sieht am nächsten Morgen manchmal tatsächlich alles anders aus. Oder wir haben uns verändert und sehen die Dinge mit anderen Augen. Weil letztlich alles davon abhängt, wie wir es betrachten, … das ist wie mit den chinesischen Gärten, erinnern Sie sich, was ich Ihnen vorhin erzählt habe?

Pau hatte mittlerweile Feierabend. Als er sich neben das Mädchen setzte, fehlte im Grunde nur noch eine Viertelstunde bis zum Ende seiner Schicht. Er zog sich um und brachte sie in die Wohnung eines Kommilitonen, der mit einem Erasmus-Stipendium für drei Monate nach Irland gegangen war.

Waren Sie schon einmal in Irland? Na, das sollten Sie sich nicht entgehen lassen. Grüne Wiesen, so weit das Auge reicht, herrliche Schlösser und gutes Bier. Und die Frauen … Was für hinreißende Frauen! Derzeit sind ja eher Italienerinnen und Spanierinnen angesagt, dunkelhaarig und mit wenig dran …, Sie verstehen schon … aber ich würde mich lieber an eine füllige Irin halten, mit weißer Haut und runden Formen. Ich weiß nicht, wie ich es beschreiben soll. Stellen Sie sich vor, Sie wären ein Baby und hätten die freie Auswahl. Wetten, dass Sie nicht zu der Italienerin gehen würden? Bestimmt nicht. Eine Frau muss Kurven haben und rote Wangen.

Na gut, zurück zu Pau. Er hatte die Schlüssel zum Apartment seines Freundes, weil er sich in dessen Abwesenheit um die Katze kümmerte und die Pflanzen goss. Sie können sich denken, welche Art von Pflanzen ein Student in seiner Wohnung züchtet, ich möchte nicht ins Detail gehen. Dafür durfte Pau mehr oder weniger dort wohnen, bis er ein wenig Geld zur Seite legen und sich etwas Eigenes suchen konnte. Der Job in der Putzkolonne war auf den Sommer beschränkt und reichte nicht, um eine Miete aufzubringen. Und Sie wissen ja, wie die Lage ist. Studenten haben es schwer … und sind sehr verwöhnt, das kommt noch dazu. In anderen Ländern ziehen sie mit achtzehn zu Hause aus und schlagen sich irgendwie durch. Hier aber – ich will ja nichts sagen – aber sie sind schon ein bisschen bequem.

Ach übrigens, wo fliegen Sie eigentlich hin? Nach Thailand? Wunderbares Reiseziel. Sind Sie allein unterwegs? Sie treffen sich dort mit anderen. Sehr schön. Es wird Ihnen gefallen. Die Leute sind sehr freundlich, das Essen ist hervorragend, und Kleidung ist spottbillig. Wenn Sie Strand wollen, es gibt dort einige der schönsten Strände der Welt. Wollen Sie Berge, fahren Sie in den Norden. Und wenn Sie Großstadt wollen, Bangkok ist in einer Woche nicht zu schaffen. Allerdings machen Sie mir nicht den Eindruck, als wollten Sie wegen der Strände, der Berge oder der Stadt dorthin. Auf Geschäftsreise, stimmt's? Sie sind zu korrekt gekleidet. Die Leute, die nach Thailand fliegen, ziehen sich, wie soll ich sagen, sommerlicher an, eher salopp. Sie dagegen strahlen, auch wenn Sie keinen Anzug tragen, eine gewisse Seriosität aus. Sie werden sich also nur in Bangkok aufhalten, nicht wahr? Von Meeting zu Meeting …

Ich weiß nicht, ob Sie Zeit finden werden, aber Sie sollten es auf jeden Fall versuchen. Denn die Stadt ist sehenswert. Nehmen Sie ein Tuk Tuk, kaufen Sie ein Souvenir in der Khao San Road, schlendern Sie durch das turbulente Chinesenviertel, überqueren Sie in einem Wassertaxi den Chao Praya, kosten Sie das Essen in einer der Garküchen, strecken Sie sich im Hotel unter dem Deckenventilator aus und lauschen dabei dem lebendigen Treiben auf den Straßen. Nehmen Sie die Farben, Gerüche und den Geschmack dieses Landes in sich auf. Und Sie werden sehen, dass Sie sich in Thailand verlieben.

Es war mir ein Vergnügen, mit Ihnen zu plaudern. Ach, ob Sie wohl eine Zigarette für mich hätten? Nein, normalerweise rauche ich nicht. Aber heute habe ich irgendwie Lust. Vielen Dank. Angenehme Reise!

Die Geschichte, die ich Ihnen erzählt habe? Nun, die ist hier zu Ende. Wie, das ist kein Ende? Nein, natürlich nicht. Aber ich kann mich nicht den ganzen Tag mit den Passagieren unterhalten. Das verstehen Sie doch, oder nicht? Man würde mich entlassen.

Ich soll Ihnen wenigstens sagen, ob das Mädchen sein Gedächtnis wiedergefunden hat? Tja, das ist eine schwierige Frage. Wissen Sie, dass unsere Erinnerung uns häufig trügt? Haben Sie schon einmal von dem Psychologen Jean Piaget gehört? Er hatte ein Kindheitserlebnis, das er oft erzählte und in einem seiner Bücher über das Gedächtnis als Fallbeispiel verwendete: Er wäre als kleiner Junge mitten in Paris fast Opfer einer Entführung geworden, was nur der heroische Einsatz seines Kindermädchens vereitelte. In seinem Buch schildert Piaget den Vorfall haarklein: den Entführer, die Angst, die wehrhafte Kinderfrau und die Schläge, die sie abbekam, die erschrockenen Blicke der Passanten, die adretten Uniformen der Polizisten, die ihnen zu Hilfe eilten, und so weiter … Stellen Sie sich sein Gesicht vor, als das Kindermädchen viele Jahre später in einem Anfall von

Religiosität beichtete, sich das mit der Entführung nur ausgedacht zu haben. Sie war auf den Job angewiesen und hoffte, sich mit einer kleinen Heldentat die Zuneigung der Familie zu sichern. Also erzählte sie die Sache mit dem Kindesentführer und ihrer mutigen Gegenwehr. Und der kleine Piaget wuchs heran und hörte wieder und wieder diese Geschichte. Bis sie schließlich Teil seiner Erinnerungen geworden war. Bis es keine Rolle mehr spielte, ob sie wahr oder erlogen war, denn sie blieb mit all ihren Einzelheiten in seinem Kopf. Manchmal verwechselt man Einbildung mit Erinnerung. Darum weiß ich nicht recht, was ich Ihnen antworten soll …

Sehen Sie mich nicht so an. Sie sollen Ihren Schluss bekommen. Die beiden sind in Paus altem Auto auf dem Weg zu dem Apartment. Pau sagt:

»Bis wir deinen richtigen Namen herausfinden, werden wir dir einen geben müssen.«

Sie lächelt.

»Hast du dir schon einen überlegt?«

»Ich werde dich Mía nennen.«

»Warum?«

»Weil du mich an die Muse meines Lieblingsdichters erinnerst.«

»Solange wir nicht mehr wissen, kannst du mich nennen, wie du willst.«

Pau lächelte. Ihm war klar geworden, dass dieses Mädchen zu seiner größten künstlerischen Herausforderung werden könnte.

Kapitel dreizehn

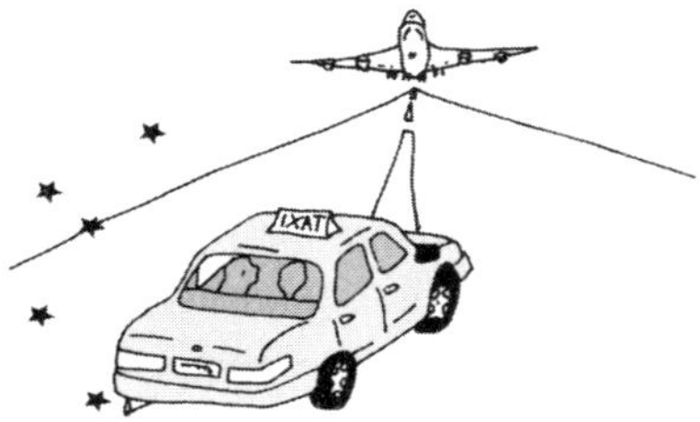

Nein, kein Grund, sich zu entschuldigen. Sie können ja nichts dafür, wenn Sie kurzsichtig sind. Sie kamen so voller Freude auf mich zugelaufen, mit ausgebreiteten Armen und diesem Lächeln von einem Ohr zum anderen, dass ich mich hätte umarmen und abknutschen lassen, nur um Sie nicht zu enttäuschen.

Mit wem haben Sie mich denn verwechselt? Mit einem alten Freund aus der Kindheit? Tut mir leid, dass ich der nicht bin. Jetzt habe ich fast das Gefühl, Sie betrogen zu haben. Denn es wäre doch nett gewesen, wenn Sie und dieser alte Freund einander nach so vielen Jahren wiedergetroffen hätten. Wenn Sie wollen, tue ich, als wäre ich er.

Wie lange haben wir uns nicht gesehen? Vierzig Jahre?… Zwanzig. Nun, das ist auch eine ganze Menge. Weißt du noch, wie ich einmal alle deine Murmeln gewonnen habe? Was für eine Freude, dich wiederzusehen. Lass dich umarmen, meine Liebe!

Nein, ich bin nicht übergeschnappt. Ich mache nur Spaß.

Sie müssen mich nicht umarmen, wenn Sie nicht wollen.

Das passiert mir nicht zum ersten Mal, wissen Sie? Vor etwa fünf Jahren, als ich den Flughafen verließ und zum Bus ging, kam eine Frau von hinten zu mir und fasste mich bei der Hand.

»Ich dachte schon, du würdest nicht kommen.«

Ich drehte mich um. Ich kann mir Menschen sehr gut merken und wusste auf den ersten Blick, dass ich sie noch nie gesehen hatte. Dieses Gesicht hätte ich nicht einfach so vergessen. Sie war eine sehr schöne Frau, schön im alten Stil, wie Sophia Loren, nicht wie die spillerigen jungen Dinger, die man heute in den Illustrierten sieht, die weder Figur noch Kurven haben, an denen nichts rund ist außer den Ringen unter ihren Augen.

Sie erkannte ihren Irrtum ebenfalls. Ein paar Sekunden lang starrte sie mich ratlos an. Ich sah sie mit hochgezogenen Augenbrauen an und zwang mich zu einem Lächeln. Dann brach sie in Tränen aus. Stellen Sie sich die Szene vor. Die Dame weinte. Und ich war schuld, denn auf irgendeine vertrackte Art war es meine Schuld. Also versuchte ich, sie zu trösten. Ich legte ihr den Arm um die Schultern und gab ihr ein Kleenex, damit sie sich die Tränen abwischen konnte. Ich erinnere mich, dass es bereits dunkel war und wie aus Eimern schüttete. Wie ein Filmpaar standen wir eng umschlungen unter dem Vordach, und der Regen prasselte. Es hätte mich nicht gewundert, wenn plötzlich eine wehmütige Klaviermusik erklungen wäre. Ja, ich vermisste sie regelrecht. Seit Erfindung des Kinos ist ein Paar, das sich im Regen umarmt, ohne Hintergrundmusik einfach nicht dasselbe, es ist, als fehle etwas.

Ich hätte sie gern gefragt, wen sie erwartet hatte. Ein paarmal war ich drauf und dran.

»Sie müssen nicht antworten, wenn Sie nicht wollen, aber wen haben Sie erwartet?«

Ich fragte nicht. Es schien mir unangebracht. Sicher hätte ich damit nur erreicht, dass sie noch mehr weinte. Also sagte ich nichts. Ich wartete, bis sie sich beruhigt hatte.

»Schon gut, schon gut«, und dabei streichelte ich ihr den Rücken.

Dann sah sie mir ins Gesicht. Ihre Wimperntusche war verschmiert, was sie fast noch hübscher machte.

»Ich hatte mir so gewünscht, dass er kommt. Sie verstehen das, nicht wahr? Ich dachte … von hinten … er und Sie …«

»Natürlich verstehe ich Sie. Er ist derjenige, den ich nicht verstehe. Wie kann man eine so schöne Frau versetzen? Er muss wirklich ein Idiot sein.«

Damit wollte ich sie zum Lächeln bringen. Es gelang mir.

»Danke, das ist sehr nett von Ihnen.«

»Das meine ich ganz ernst. Wenn ich er wäre, hätte ich Sie hier mit einem Strauß Rosen und einem Kuss auf die Lippen in Empfang genommen.«

Was meinen Sie wohl, wie es weiterging?

Darauf kommen Sie nie.

Sie küsste mich. Ich wusste nicht recht, was ich tun sollte, und während ich über einen Ausweg aus dieser Situation nachdachte, erwiderte ich ihren Kuss. Sie war die erste Frau, die ich küsste, seit einige Jahre zuvor Leonor gestorben war. Und ich hatte, ehrlich gesagt, gar nicht geglaubt, in meinem Alter noch einmal eine Frau zu küssen. Zumindest nicht so. Mit so viel Leidenschaft und umtost von einer solchen Naturgewalt, dass mir beinahe die Frisur durcheinandergeriet, hi, hi. Aber so kann es gehen. Wenn du am wenigsten damit rechnest …

»Willst du für heute Nacht er sein?«

Das sagte sie. Ich sagte nichts. Ich war ziemlich verwirrt.

In diesem Moment kam der Bus. Ich sah ihn an,

unschlüssig, ob ich einsteigen, nach Hause fahren und mir eine Suppe kochen oder der Einladung der Unbekannten folgen sollte.

»Ist das dein Bus?«, fragte sie.

»Ja.«

Sie war sehr klug. Sie hatte meine Gedanken gelesen. Abgesehen davon, dass sie hübsch war und gut küsste, verstand sie sich auch noch auf Telepathie. War sie nicht fast perfekt?

In diesem Augenblick fuhr ein freies Taxi vorbei, und sie hielt es an. Sie öffnete die hintere Tür und lehnte sich dagegen.

»Nimmst du den Bus oder das Taxi in die Stadt?«

Ja, ich nahm das Taxi … Immer mit der Ruhe, ich werde nichts vorwegnehmen. Alles zu seiner Zeit. Ich weiß schon, dass es keine Entscheidung zwischen Bus und Taxi war. Sondern eine zwischen dem Vertrauten und dem Unvorhersehbaren. Zwischen Gewohnheit und Improvisation. Ich entschied mich für das Taxi. Und dabei ist man, so seltsam es auch klingen mag, mit zunehmendem Alter immer weniger geneigt, mit seiner Routine zu brechen. Eine Suppe und zeitig ins Bett, das war bequemer. Am Ende folgt man nur noch seinen Gewohnheiten und betrachtet alles, was diese stören könnte, mit einem gewissen Widerwillen und Argwohn.

Aber wie dem auch sei, ich stieg jedenfalls mit ihr ins Taxi.

Ich war mir nicht sicher, wie ich mich verhalten sollte. Sie hatte mir ganz klar gesagt, sie wolle, dass ich er sei, aber ich wusste ja nicht, wie er war. Ich wusste lediglich, dass er mir von hinten ähnlich sah. Und ich konnte ihr ja schlecht die ganze Nacht den Rücken zuwenden. Also versuchte ich, etwas mehr herauszubekommen:

»Verzeihen Sie, ich habe eine Frage. Wie war dieser Mann, auf den Sie gewartet haben?«

Sie lächelte und ließ den Blick ins Leere schweifen, als wolle sie sein Bild heraufbeschwören.

»Er war ein Mann, der nicht viel redete. Sehr leidenschaftlich. Wenn wir miteinander schliefen, flüsterte er mir schöne Sachen ins Ohr. Wunderschöne Sachen. Morgens ging er früh zur Arbeit und hinterließ mir einen Abschiedsgruß auf dem Badezimmerspiegel. Ich drehte den Heißwasserhahn auf, bis der Spiegel beschlug, die Schrift sichtbar wurde und mir einen guten Morgen wünschte.«

Vielleicht sagte sie es nicht in diesen Worten. Aber genau weiß ich es nicht mehr, und wenn man sich schon etwas ausdenkt, sollte man es lieber mit der Poesie übertreiben als mit der Vulgarität, finden Sie nicht auch? Es schien mir leicht, einen schweigsamen Mann zu spielen, aber ich habe arg gelitten, das kann ich Ihnen sagen. Ich hätte so viele Fragen an sie gehabt. Trotzdem blieb ich stumm und schaute auf die Lichter der Stadt hinter dem Wasserschleier, der über das Seitenfenster des Taxis rann.

Wir erreichten ihre Straße, und sie bat den Taxifahrer anzuhalten. Ich wollte zahlen, aber sie ließ es nicht zu.

»Diesmal zahle ich.«

Im Geist machte ich mir einen Vermerk: *Für gewöhnlich bezahlte er. Nicht vergessen, falls wir auswärts zu Abend essen sollten. In welche Art Restaurant würde er sie führen? Unbedingt herausfinden.*

Wir stiegen aus und rannten durch den Regen. Der Taxifahrer hatte uns zum Schutz eine Zeitung mitgegeben, aber die war schnell durchweicht, und wir warfen sie weg. Wir kamen an ein Tor mit goldenen Gitterstäben, ziemlich hässlich, nebenbei gesagt. Sie öffnete es, und wir traten ein.

Was dann kam, können Sie sich ja vorstellen.

Wie, Sie können es sich nicht vorstellen? Na ja, ich sagte, ich hätte sie schrecklich vermisst, die Zeit ohne sie sei die Hölle gewesen. Was mir halt so einfiel. Alles lief wie am Schnürchen. Wir aßen bei ihr zu Abend. Sie kochte mein Leibgericht: Ente in Orangensauce. Ich meine natürlich, sein Leibgericht, meins ist gebackener Reis, aber gebackener Reis wäre kein besonders romantisches Essen gewesen.

Mir unterliefen einige unbedeutende Irrtümer. Nicht weiter schlimm, ich war ja noch keine zwei Stunden er. Mit ein wenig Übung hätte ich ein sehr guter Er werden können, aber nach so kurzer Zeit …

Beispielsweise hätte ich um ein Haar eine Flasche Rotwein aufgemacht.

»Liebling, seit wann trinkst du lieber Roten?«

Ich stellte die Flasche wieder hin und nahm die andere. Ob rot oder weiß, ist schließlich egal. Der Frau war längst nicht mehr zum Weinen zumute. Und das war mein Verdienst. Sie hatte wirklich die glücklichsten Augen, die ich je gesehen hatte, voller funkelnder Sternchen.

Ja, natürlich habe ich ihr das gesagt, ich weiß, dass es schön ist.

Etwas war da noch, aber … ob ich Ihnen das erzählen soll? Mir fiel es nicht schwer, ich verstand es auf Anhieb, für einen Außenstehenden mag es allerdings etwas seltsam klingen.

Sie hatte sehr gelitten, und das war meine Schuld, vielmehr seine Schuld. Sie war verletzt und musste sich auf irgendeine Weise Genugtuung verschaffen. Nachdem wir ein wenig Wein getrunken hatten und sie sicher sein konnte, dass ich Wachs in ihren Händen war, wurde sie selbstbewusster.

»Ich sollte dich hinauswerfen. Du hast mich nicht verdient.«

Ich ging auf ihr Spiel ein. Ich flehte sie an, mir zu vergeben, ohne zu wissen, was ich ihr eigentlich angetan hatte.

»Was würdest du tun, damit ich dir verzeihe?«

»Keine Ahnung. Für dich alles.«

Sie musste nicht lange überlegen.

»Ich will, dass du deine Liebe unter Beweis stellst.«

Ich zuckte mit keiner Wimper.

»Was genau soll ich tun?«

»Ruf sie an, und sag ihr, dass du sie nie geliebt hast, dass ich deine Einzige bin und immer sein werde.«

Sie wies auf das Telefon. Ich ging hin und wählte eine Nummer. Ich weiß, ich hätte eine erfinden sollen, aber als ich nach dem Telefon griff, wählte ich aus purer Gewohnheit die meines Cousins Julián, der nicht hier in der Stadt wohnt und mit dem ich häufig telefoniere. Er ist praktisch der einzige Mensch, den ich anrufe …

»Wer ruft denn um diese Zeit noch an?«, meldete er sich.

»Ich bin's. Du sollst wissen, dass ich dich niemals geliebt habe, dass alles nur Einbildung war. Du sollst wissen, dass sie von allem Anfang an die Einzige war... dass sie es immer war, und dass sie es auch immer bleiben wird.«

Dann legte ich auf. Ich stellte mir das Gesicht des armen Julián vor. Als ich es ihm zwei Tage später erklären wollte, sagte er, er habe meine Stimme nicht erkannt, er sei zu verschlafen gewesen, und er habe gedacht, es handele sich um einen Scherz.

Die Frau lächelte zufrieden.

»Und jetzt verlange ich, dass du vor mir kriechst.«

Sie denken sicher, das hätte ich nicht tun sollen, vor ihr kriechen. Aber warum denn nicht? Letztlich war es ja er, der sich erniedrigte, und wenn Sie das glückselige Gesicht dieser Frau gesehen hätten, würden Sie mich verstehen. Endlich war sie ihrem Geliebten einmal überlegen. Endlich hatte sie ihn so weit, dass er ihr aus der Hand fraß, und zwar buchstäblich, denn sie verlangte, dass ich auf allen vieren ging und bellte... Lachen Sie nicht. Er musste ihr wirklich übel mitgespielt haben. Ich büßte für seine Sünden und befreite sie von einem sehr tief sitzenden Stachel... Ja, indem ich bellte... Das ist nicht zum Lachen. Im Grunde steckte viel mehr dahinter. Aber die Leute verstehen das nicht. Die Frau hatte eine Menge Wut in sich aufgestaut, eine Menge Groll, was bedeutet, dass sie ihn wahnsinnig geliebt haben muss. Ich befreite sie von ihm. Indem ich mich erniedrigte, wohl wahr. Aber was macht das schon?

Danach liebten wir uns. Anfangs ganz langsam und sehr leidenschaftlich am Ende. Sie schlief als Erste ein. Im Traum sagte sie *Ich liebe dich,* immer wieder. Sie schlief glücklich wie ein kleines Mädchen …

Am nächsten Morgen wachte ich vor ihr auf. Ich ging ins Bad und schrieb einen Gruß auf den Spiegel. Ich wusste nicht recht, was ich ihr sagen sollte, also schrieb ich: *Guten Morgen, Liebling, ich werde für eine Weile verreisen. Ich liebe dich auch …*

Ja, ich weiß, besonders originell war das nicht, aber mir fiel sonst nichts ein. Mein Gehirn war vollkommen leer, und ich wollte nur noch weg. Ich wusste nicht, was mich erwartete, wenn sie erwachte. Denn die Nacht ist für Träume und Magie wie geschaffen, aber ich bezweifelte, dass der Zauber auch bei Tageslicht noch wirken würde.

Sie hatte ihr Wiedersehen und ihre Rache gehabt. Ich hatte in diesem Haus nichts mehr zu suchen.

Nein, diese Einzelheiten lasse ich aus. Bohren Sie nicht. Ich bin ein Ehrenmann.

Ob ich ihr schöne Sachen ins Ohr geflüstert habe, wie er es immer getan hatte? Selbstverständlich, Sie haben schließlich einen Profi vor sich. Ich habe ihr schöne Sachen zugeflüstert.

Wunderschöne Sachen. Viel schöner als alles, was er ihr je zugeflüstert hatte.

Kapitel vierzehn

Entschuldigen Sie, aber würden Sie bitte, wenn Sie gehen, die Zeitung nicht einfach so hier herumliegen lassen? Nur zwei Meter weiter ist ein Papierkorb. Ja, ich weiß, dass es keine Absicht war und dass es Ihnen leidtut. Das ist ja das Problem. Mir wäre lieber, Sie hätten es absichtlich getan, glauben Sie mir. Weil nämlich das Schlimmste diese Gedankenlosigkeit ist. Meinen Sie etwa, der Schaden ist geringer, wenn Sie ihn unabsichtlich angerichtet haben? Aber mir geht es gar nicht um die Zeitung, denn letztlich werde ich ja dafür bezahlt, das aufzulesen, was die Fluggäste fallen lassen, mir geht es um die Welt im Allgemeinen, darum, dass wir überhaupt nichts mehr bemerken, als ob uns das von jeglicher Schuld befreien würde. Wir stolpern durchs Leben, als ginge uns nichts etwas an, tun, was uns gefällt, und sagen hinterher treuherzig: *Oh, Verzeihung, war nur ein Versehen.* Das ist das Schlimmste: etwas versehentlich zu tun. Ich ziehe die Zyniker oder Heuchler den Gedankenlosen vor. Denn ein Zyniker weiß, wo die Grenzen sind, setzt sich aber bewusst darüber hinweg. Auch ein Heuchler kennt die Wahrheit. Und eben darum verbirgt er sie, weil er sie kennt und nicht mag. Gedankenlosigkeit aber ist die schlimmste Haltung dem Leben gegenüber. Man kann nichts ändern, wovon man nicht weiß, dass es falsch ist. Es beweist, zu was für einer Gesellschaft von Egoisten wir uns entwickelt haben, jeder ist nur auf seinen eigenen Vorteil bedacht, wir ärgern die anderen nicht einmal aus bösem Willen, wir ärgern sie unabsichtlich: *Oh, Verzeihung, ich habe dir den Finger ins*

Auge gerammt, war nur ein Versehen …

Na gut, Sie dürfen mich zu einem Kaffee einladen, und dafür höre ich auf zu schimpfen. Woher sind Sie? Nein, lassen Sie mich raten. Dem Akzent nach sind Sie Amerikaner … Aus New York? Eigenartige Stadt. Dort ist alles gigantisch, die Häuser, die Straßen, die Hamburger … bis auf die Freiheitsstatue, die ist viel kleiner, als sie im Fernsehen wirkt.

Äußerst symbolisch! Letztlich ist die Freiheit das Allerkleinste.

Hallo, Sara, machst du mir bitte einen koffeinfreien Kaffee und – Was trinken Sie? – und einen Kaffee mit einem kleinen Schuss Milch für diesen Herrn. Er ist aus Amerika … aus New York sogar.

Ich stelle mir Ihr Leben vor. Wenn ich falschliege, korrigieren Sie mich. Auf der Highschool waren Sie Quarterback der Football-Mannschaft, und Ihre Freundin war die Frontfrau der Cheerleader. Sie wurden zum Prinzenpaar der Abschlussfeier gewählt, und in derselben Nacht verloren Sie beide in einem Motel an der Landstraße Ihre Unschuld. So weit richtig? Ihre Freundin ging zum Studieren nach Harvard, Sie selbst nach Yale. Sie schworen sich vor einem Bus, der im nächsten Moment abfuhr, ewige Liebe, und wenige Tage später hatten Sie einander vergessen. Sie traten der Studentenverbindung Beta Beta Alpha bei, und nach Monaten voller Ausschweifungen beschlossen Sie, zur Vernunft zu kommen und der Chefredakteurin der College-Zeitung – die heute Ihre Gattin ist – einen Verlobungsring zu schenken. Jeden Morgen ziehen Sie sich ein Stirnband über den Kopf und joggen durch den Central Park, wo Sie eines Tages eine Leiche gefunden haben, Opfer eines Serienmörders, den die Polizei immer noch nicht geschnappt hat.

Überrascht?

Na gut, ich werde mich bemühen, langsamer zu sprechen. Ich dachte, Sie könnten besser Spanisch, aber wie ich sehe, verstehen Sie nicht viel.

Ich habe gesagt, dass mir die Amerikaner gefallen … die Yankees! Ein bisschen sonderbar sind sie allerdings schon … dieses Spiel, zum Beispiel, *Fat Girl Rodeo*. Hier spielen wir Petanca, das ist normaler. Sie wissen nicht, was das *Fat Girl Rodeo* ist? Komisch, das haben doch die Amerikaner erfunden …

Eines Tages fand ich einen Mann, der sich in einer Flughafentoilette eingeschlossen hatte und völlig aufgelöst war. Ich forderte ihn auf herauszukommen, aber er weigerte sich hartnäckig.

»Wenn ich rausgehe, sterbe ich«, sagte er nur.

»Wenn Sie wollen, hole ich jemanden vom Sicherheitsdienst, damit er Sie zum Taxistand begleitet.«

»Nein.«

»Soll ich die Polizei rufen?«

»Das nützt nichts. Wenn ich rausgehe, sterbe ich.«

»Dann erzählen Sie mir, was los ist, vielleicht kann ich Ihnen ja helfen.«

Ich musste ziemlich lange auf ihn einreden, aber schließlich erklärte er sich bereit, mir seine Geschichte zu erzählen. Ich schlüpfte in die Nachbartoilette, schob den Riegel vor und machte es mir auf der Schüssel bequem, so gut es ging. Das ist zwar nicht der angenehmste Ort für eine Unterhaltung, aber meine Neugierde war riesig, und ich war entschlossen, ihn dort herauszulocken. Sich

für den Rest seines Lebens in einer Toilette einzusperren, war keine gute Idee. Bei Pizza und chinesischem Essen. Stellen Sie sich das mal vor:

»Hallo? Bitte schicken Sie mir ein Tagesmenü auf die öffentliche Toilette am Flughafen, erste Tür …«

Ich erfuhr, dass er Carlos Génova hieß und Professor an der Hochschule für Telekommunikation war. Seine Geschichte – oder zumindest der Teil seiner vierzigjährigen Geschichte, der uns hier interessiert, weil er schnurstracks zu der Situation in der Flughafentoilette geführt hatte – begann drei Monate zuvor damit, dass er mithilfe des Hausmeisters die Prüfungsergebnisse in Schaltkreistheorie aushängte.

Oder vielleicht auch schon ein paar Tage früher, als er in seinem Arbeitszimmer Satie hörte, die Klausuren korrigierte und mit blauer Tinte eine Drei unter das Examen von Jaime Santiesteban García schrieb, dessen Name ihm, wie so viele andere, überhaupt nichts sagte. Mit Jaime Santiesteban García verband er nicht einmal ein Gesicht. Er war lediglich ein Name auf seiner Liste und eine schlampige Handschrift auf Karopapier. Es war schwierig, sich an jeden einzelnen Studenten zu erinnern. Vor allem, weil viele von ihnen sich kaum im Unterricht blicken ließen und andere alles daransetzten, so wenig wie möglich aufzufallen.

Er hatte keine Sprechstunde, saß aber in seinem Büro, um die letzten Beurteilungen zu schreiben, als jemand an die Tür klopfte.

»Herein.«

Ein Mädchen trat ein. Professor Génova beschrieb sie als nordische Schönheit mit weißer Haut und rotem Haar. Er war sicher, sie noch nie im Hörsaal gesehen zu haben, denn andernfalls hätte er sich gewiss an sie erinnert. Zu groß, zu ausländisch und zu schrill in der Auswahl ihrer Kleidung.

Das Mädchen schloss die Tür hinter sich, zog ein Blatt Papier aus der Tasche und las es mit nervöser Stimme und schaurigem Akzent laut vor:

»*Hola*, ich bin ein Freundin von Jaime Santiesteban García. Ich will, du geben ihm summa cum laude.«

Sie schob den Zettel zurück in die Gesäßtasche ihrer knappen Jeans, ließ sich auf alle viere nieder und kroch auf den sprachlosen Professor zu. Als sie bei ihm angekommen war, blickte sie ihm in die Augen, lächelte und begann, am Reißverschluss seiner Bundfaltenhose zu ziehen. Carlos sprang so heftig auf, dass sein Drehsessel nach hinten rollte und gegen einen Ordnerstapel stieß.

»Was tun Sie da? Verschwinden Sie! Sofort!«

Die junge Frau blieb unschlüssig vor ihm auf den Knien liegen.

»Bitte, bitte«, sagte sie einige Male. Ihr war anzusehen, dass sie gern mehr gesagt hätte, aber da »bitte« das einzige Wort war, das sie kannte, wiederholte sie es in unterschiedlichen Stimmlagen. Der Professor wusste nicht, wie ihm geschah. Er half dem Mädchen auf die Füße und führte es aus dem Zimmer.

Jetzt kommt das Verblüffendste. Jaime Santiesteban García, Erstsemester und schon rein äußerlich völlig harmlos – Turnschuhe, weiße Socken, zu hoch geschnittene Hosen, altmodisches Hemd, Kunststoffbrille und perfekt gescheiteltes Haar –, stritt entschieden ab, eine rothaarige Ausländerin zu kennen. Gegenüber dem Rektor und Carlos Génova selbst versicherte er, nicht zu wissen,

wovon die Rede war. Er wirkte aufrichtig.

»Es stimmt aber doch, dass Sie in meinem Fach durchgefallen sind.«

»Ja.«

»Und es stimmt auch, dass Sie unbedingt bestehen wollten.«

»Ja, aber nicht mit so ordinären Tricks. Das würde ich mich niemals trauen.«

In diesem Augenblick ging dem Studenten ein Licht auf. Alles ist irgendwo im Kopf, glauben Sie nicht auch? Man muss nur die richtige Lampe anknipsen.

»Moment mal, das ist Wahnsinn, aber es könnte sein, dass …«

Jaime war ein Computerfreak. Von klein auf hatte er die meiste Zeit mit Videospielen und später im Internet verbracht. Jaime – oder *SuperPG*, wie er sich im Netz nannte – hatte kaum Freunde, abgesehen von *Kiaravampira, Angel88, Chocholoco* und einigen anderen Chatpartnern. Und auch wenn es für Unbeteiligte eine öde Form von Beziehung sein mag, Jaime war damit vollauf zufrieden. Überall in der Welt kannte er Leute, mit denen er sich austauschte und seine Erfahrungen teilte. Für ihn waren das keineswegs Pseudofreundschaften, und somit erzählte er freimütig und ohne Hemmungen, eher mit einem gewissen Stolz, dass er einen Haufen

Cyberfreunde habe, was ihm offenkundig höchst beneidenswert schien.

Er schilderte ein Erlebnis, das sich eine Woche zuvor zugetragen hatte.

Beim Surfen war er zufällig auf die Internetseite *Heute für dich – Morgen für mich* gestoßen. Die Seite war schlicht, zurückhaltend, aber elegant gestaltet. Sie präsentierte sich dem Cybernauten als ein Werkzeug, um Gefälligkeiten auszutauschen. Man ließ sich als Nutzer registrieren und erklärte, welchen Dienst man sich erhoffte. Im Gegenzug musste man jemand anderem auch einen Gefallen tun.

»Ich hielt das für einen Scherz«, sagte Jaime-*SuperPG*. »Also verlangte ich etwas, das praktisch ein Ding der Unmöglichkeit war: *Ich will in Schaltkreistheorie mit summa cum laude bestehen*. Nicht für einen Moment habe ich geglaubt, dass Ernst daraus werden könnte.«

Sie verhörten ihn fast eine Stunde lang, ohne dass mehr dabei herausgekommen wäre. Jaime machte nicht den Eindruck, als schwindelte er, so wunderlich seine Geschichte auch klang.

»Lassen Sie die Sache auf sich beruhen«, sagte der Rektor zu Carlos, als der Student gegangen war. »Und um Zeit zu sparen, sollten Sie ein solches Angebot beim nächsten Mal vielleicht einfach annehmen. Wir haben uns einen ganzen Nachmittag mit etwas beschäftigt, das in zehn Minuten hätte erledigt sein können …«

Er zwinkerte Carlos zu und grinste von einem Ohr zum anderen. Carlos nickte sehr ernst und verließ die Universität.

Der Satz des Studenten »Also verlangte ich etwas, das praktisch ein Ding der Unmöglichkeit war: *Ich will in*

Schaltkreistheorie mit summa cum laude bestehen« ging ihm den ganzen Tag nicht aus dem Kopf. Warum hielt der Junge das für unmöglich? Weil er nicht gelernt hatte? Oder vielleicht, weil Carlos in vier Jahren niemals die Bestnote gegeben hatte? Er war der Professor mit der höchsten Quote an durchgefallenen Prüflingen und hatte den Spitznamen *Der Führer*.

Tatsache war, dass sich jedes Jahr weniger Studenten bei ihm einschrieben, weil die meisten seinen Kollegen Pedro Espinosa vorzogen, der längst nicht so streng war.

Vermischte er womöglich Privatleben und Beruf zu stark miteinander? Ließ er seine Frustration und Verbitterung an ein paar armen unschuldigen Studenten aus? Diesen Groll, den er nicht nur gegen *sie* hegte – die ihn verlassen hatte und behauptete, ihn trotz der langen gemeinsam verbrachten Zeit nie geliebt zu haben, womit sich ihre ständigen Seitensprünge erklärten –, sondern ganz allgemein gegen alles. Nie hätte er sich träumen lassen, dass es so weit mit ihm kommen könnte. Solange du jung bist, malst du dir dein künftiges Leben aus, aber es würde dir nie einfallen, dass dein größtes Vergnügen einmal darin bestehen würde, mit einer Dose Bier in der Hand vor dem Fernseher zu sitzen und eine dieser Reality-Shows zu verfolgen.

Wie würden ihn die Leute wohl beschreiben? »Eigenbrötlerischer, ungeselliger, wunderlicher alter Hagestolz« wäre eine ziemlich treffende Definition. Und zu allem Unglück sah er keinen Ausweg aus dieser Misere. Er hatte fast alle seine Freunde verloren und wusste, dass es mit der Zeit immer schlimmer würde. Aus dem einfachen Grund, dass ihm nichts der Mühe wert schien.

Er hatte keine Lust, nach dem Telefon zu greifen und jemanden anzurufen. Er hatte keine Lust, mit jemandem einen Kaffee zu trinken und dummes Zeug zu reden. Er hatte keine Lust, eine Frau kennenzulernen, die sich seiner Privatsphäre bemächtigen würde, und wollte sich nicht anstrengen müssen, um ihr zu gefallen. Nein. Er driftete ab und hatte nicht einmal mehr das Bedürfnis, Schwimmbewegungen zu machen. So etwas kommt vor. Seine Arbeit war seine einzige Verbindung zur realen Welt. Eine Arbeit, die er von Tag zu Tag mehr hasste und mit verbissenem Eifer verrichtete.

Am selben Abend suchte Professor Carlos Génova die Webseite. Er fand sie auf Anhieb.

Heute für dich – Morgen für mich: Gefälligkeitenbörse.

Er wählte die spanische Sprache und las die Teilnahmebedingungen. Die Funktionsweise war sehr einfach. Er musste sich anmelden und angeben, welche Art von Hilfe er wünschte. Dadurch wurde er zum registrierten Nutzer und erhielt ein Passwort, mit dem er freien Zugang zu jedem Winkel der Seite hatte. Wenn er der Sache auf den Grund gehen wollte, musste er sich also anmelden. Welche Geschichte sollte er sich ausdenken? Er überlegte einige Minuten. Er würde sich gar keine ausdenken. Es gab etwas, wonach er sich von ganzem Herzen sehnte. Etwas, das er selbst nicht fertigbrachte. Was also, wenn er sich unter seinem richtigen Namen anmeldete und um etwas bat, das er tatsächlich brauchte? Er hatte nichts zu verlieren und viel zu gewinnen …

Er tippte seinen Wunsch ein und drückte ENTER.

Das, worum Sie bitten, gehört in die Kategorie 6: gefährliche und gewalttätige Gefälligkeiten. Wenn Sie Ihren Wunsch erfüllt haben wollen, müssen Sie einen Dienst derselben Kategorie auswählen und binnen zwei Monaten erledigen. Sie werden den Namen des Nutzers, dem Sie den Gefallen erweisen, nicht erfahren, damit dieser, sollte es sich um ein Verbrechen handeln, nicht belangt werden kann. Auch werden Sie nicht erfahren, wer Ihnen hilft.

Wenn Sie die Bedingungen akzeptieren, klicken Sie hier.

Er klickte.

Kategorie 6: Gefährliche und gewalttätige Gefälligkeiten. Wählen Sie eine der folgenden Optionen.

Es öffnete sich eine Liste mit über vierzig Einträgen. Er traute seinen Augen nicht. Eines nach dem anderen waren dort die schrecklichsten Verbrechen aufgezählt: Morde, Prügel, Verstümmelungen und Brutalitäten aller Art.

»Wie können sich die Leute nur so etwas wünschen?«, fragte er sich.

Er versuchte sich vorzustellen, was das wohl für Menschen waren, die um einen Gefallen der Kategorie Sechs baten: hintergangene Liebhaber, betrogene Geschäftspartner, ungeduldige Erben, verzweifelte Schuldner, perverse Irre … Und zu denen sollte er gehören?

Zwar verlangte er keine Kleinigkeit, aber mit diesen rachsüchtigen, gepeinigten Menschen war er nicht im Entferntesten zu vergleichen. Sein Anliegen würde niemandem wehtun, im Gegenteil, es stellte eine Befreiung dar.

Schon wollte er die Seite wieder schließen und sich die Angelegenheit aus dem Kopf schlagen, als etwas seinen Blick anzog: *Fat Girl Rodeo (Texas).*

Seine Vortragsreise fiel ihm ein, die ihn ohnehin nach Texas führen würde, und er dachte sich, dass ein

Fat Girl Rodeo, was immer das sein mochte, nach der mit Abstand besten aller Optionen klang. Ohne weiter nachzudenken klickte er es an.

Herr Carlos Génova, Sie haben sich für das Fat Girl Rodeo (Texas) *entschieden. In den nächsten Tagen werden Sie per E-Mail genauere Informationen erhalten. Ihre Referenznummer ist: XY32W1.*

Wir danken Ihnen und freuen uns, dass Ihnen unser Angebot zusagt.

Sie wollen wissen, was sich der Professor gewünscht hat? Keine Sorge, dazu komme ich gleich. Zuerst werde ich Ihnen aber erzählen, was er dafür tun musste. Immer schön der Reihe nach. Ein Pferd zäumt man ja auch nicht von hinten auf. Nicht einmal in Ihrer Heimat.

Zwei Wochen später war der Professor in Texas. Er hatte keine E-Mail erhalten, und an die Nacht vor dem Computer erinnerte er sich wie an etwas längst Vergangenes. Etwas ziemlich Unsinniges. Vielleicht hatte es in jenem Moment ja seinen Sinn gehabt – die Nacht, seine Empörung über den Vorfall mit dem Mädchen –, aber jetzt nicht mehr. Im Grunde hielt er das gesamte Internet für einen Scherz.

Jaime Santiesteban hat diese blöde Geschichte nur erfunden und hoffte, wir würden sie ihm abnehmen, wenn er sich auf eine ominöse Webseite beruft, dachte Carlos. Fragt sich nur, warum Jaime so etwas erfinden sollte, wenn er tausend einleuchtendere Erklärungen hätte liefern können? Vielleicht weil wir einer unwahrscheinlichen Geschichte leichter Glauben schenken, denn wenn wir uns eine Lüge zurechtlegen, gehen wir normalerweise mit mehr Logik zu Werke als die Realität selbst.

Mit dieser Antwort gab er sich zufrieden. Die Webseite war nur ein Gag, und der Student hatte seine Professoren mit dieser albernen Ausrede auf den Arm nehmen wollen …

Carlos hatte die Angelegenheit schon wieder vergessen und surfte in seinem Hotelzimmer mit dem Notebook im Internet, als ihm der Eingang einer E-Mail angezeigt wurde. Er öffnete sie und landete über einen Link auf einer Seite, wo er seinen Referenzcode und das Passwort eingeben musste. Daraufhin erhielt er detaillierte Anweisungen, wie das *Fat Girl Rodeo* vonstattengehen sollte. Ungläubig las er sie mehrmals durch. Mit wild pochendem Herzen stand er auf und holte sich einen Whisky. Er trank sonst nie Alkohol. Schon gar nicht aus der Minibar eines Hotels. Aber heute war das etwas anderes. Heute durfte er sich jeden Exzess erlauben.

»Das werde ich nicht tun!«, sagte er laut zu sich selbst.

Doch insgeheim wusste er, dass die Entscheidung bereits gefallen war, dass er es tun würde, dass Professor Carlos Génova sich in jemand anderen verwandeln würde. In eine Sorte Mann, die er zutiefst verabscheute und sein Leben lang gemieden hatte. Er würde die Anweisungen exakt befolgen. Und dies würde seine allerletzte Tat sein. Anschließend würde er ein Flugzeug nehmen, nach Hause zurückkehren, sich hinsetzen und darauf warten, dass sich sein sehnlichster Wunsch erfüllte.

Verstehen Sie eigentlich, was ich Ihnen da erzähle? Ein bisschen? Jedenfalls machen Sie ein Gesicht, als hätten Sie überhaupt nichts kapiert. Vielleicht sollten wir es lieber dabei bewenden lassen.

Sie müssen auf die Toilette? Na gut, ich warte hier auf Sie. Aber ich werde mir bei Sara noch einen Kaffee bestellen, wenn ich darf... Möchten Sie auch noch etwas? Einen frisch gepressten Orangensaft?

Kapitel fünfzehn

Da sind Sie ja schon wieder. Das ging aber schnell. Haben Sie sich auch die Hände gewaschen? Sehr gut. Wo waren wir stehen geblieben? Ich weiß gar nicht mehr, was ich Ihnen erzählen wollte …

Ach ja, wir waren bei Professor Génova in Texas, der sorgfältig die Anweisungen durchlas, nach denen er seinen Auftrag auszuführen hatte …

In jener Nacht schlief er kaum, fiel nur gelegentlich in einen unruhigen Halbschlaf. Im Geist redete er auf sich selbst ein, dass er es nicht tun werde, dass es Wahnsinn sei. Aber nur zu seiner Beschwichtigung und um sein wild pochendes Herz, das ihn nicht zur Ruhe kommen ließ, ein wenig zu besänftigen. Tief in seinem Inneren wusste er, dass er es tun würde, dass sein Entschluss von Anfang an festgestanden hatte.

Er suchte nach einem Grund. Dem wahren Grund, warum er sich für diesen Unfug hergab. Aber ihm kamen keine Beweggründe in den Sinn. Nur Erinnerungen. Eine nach der anderen, wie in einem Fotoalbum. Von Kindheit an bis zu ebenjenem Moment, in dem er lang gestreckt auf dem Bett eines texanischen Hotels lag, das nach allen Hotels der Welt roch.

Er war sechs, vielleicht sieben Jahre alt. Auf seinem Balkon landete ein Fußball. Der Ball prallte gegen die Fensterscheibe und blieb zwischen den Blumentöpfen seiner Mutter liegen. Es war der schönste Ball der Welt, blau und rot. Er wollte ihn gerade aufheben, als ihn eine Stimme davon abhielt:

»Verzeihung«, rief ein Junge in kurzen Hosen von

der Straße herauf. »Wir haben unseren Ball verloren. Weißt du, wo er hingeflogen ist?«

Carlos bückte sich, nahm den Ball – prall, kaum abgenutzt – und warf ihn dem Jungen zu. Dieser rannte davon, ohne sich auch nur zu bedanken. Den ganzen Nachmittag versuchte Carlos, sich vorzustellen, wie es wohl gewesen wäre, in der Schule aufzutauchen und diesen Ball vor sich herzukicken: blau und rot. Er schwor sich, den nächsten Ball, der auf seinen Balkon fallen würde, zu behalten. Er würde bestreiten, ihn je gesehen zu haben. Er würde sich dumm stellen und den Ball dann mit in sein Zimmer nehmen und ihn stundenlang bewachen, bis so viel Zeit vergangen wäre, dass sich niemand mehr erinnerte. Und dann könnte er ihn mit in die Schule nehmen. Er hatte einen Plan: Er würde den Ball zerkratzen, damit es aussah, als wäre es ein anderer. Mit einem nachgemachten Fußballerautogramm, zum Beispiel. Niemand würde erkennen, dass es derselbe Ball war.

Er bekam nie Gelegenheit, es auszuprobieren. Nie wieder landete etwas auf seinem Balkon.

Als er fünfzehn war, sagte Verónica zu ihm, sie sei jetzt bereit, es zu tun. Sie waren schon fast ein Jahr zusammen. Sie hatten Fotos ausgetauscht und fanden immer wieder einen Vorwand, die Brieftasche zu öffnen und die Bilder herumzuzeigen. Sie stellten einander zur Schau wie ein Fischer eine Riesendorade. In gewisser Weise ist das die Liebe mit fünfzehn.

»Meine Freundin!«, sagte Carlos, voller Stolz, dass sie ihm gehörte, ihm ganz allein. Sie gingen oft spazieren. Verónica nahm dann immer seine Hand und verflocht ihre Finger mit den seinen, weil es ihrer Meinung nach so am romantischsten war. Sie küssten sich auf Parkbänken vor aller Augen. Die Eltern des Mädchens verbrachten die Wochenenden meistens in ihrem Heimatdorf. Das nutzten Carlos und Verónica aus, um zu schmusen und in ihren nackten Körpern die Welt zu entdecken.

»Ich möchte es mit dir machen«, sagte Verónica an einem dieser Tage zu ihm. »Aber ich muss wissen, dass du mich wirklich liebst. Für mich ist das ein sehr wichtiger Schritt, und ich fände es nicht richtig, mich dir hinzugeben, wenn du nicht sicher bist, ob es dir ernst ist mit mir und ob du eine Zukunft für uns siehst.«

Carlos wusste nicht, was er sagen sollte. Sie hatte erwartet, dass er sie wortlos küssen, in die Arme nehmen, zum Bett ihrer Eltern führen und langsam entkleiden würde …

»Jetzt liebe ich dich. Aber ich kann nicht versprechen, dich für immer zu lieben. Wir sind noch sehr jung. Vielleicht werde ich dich verlassen. vielleicht verlässt du mich. Wir können ja nicht wissen, was passiert.«

Derartige Binsenweisheiten hätte er auf keinen Fall von sich geben dürfen. Mit der Zeit lernt man, dass es Dinge gibt, die man zwar weiß, aber nicht ausspricht. Doch Carlos war ein junger Mann mit zu hohem Verantwortungsbewusstsein. Er wollte es ihr sagen, ein reines Gewissen haben und das Gefühl, sie nicht zu belügen, nicht einmal ein winziges bisschen. Ein einfaches *Ja, ich liebe dich* hätte genügt. Sie wäre beruhigt gewesen, hätte mit ihm geschlafen, und gemeinsam hätten sie das unerforschte Paradies erkundet.

Genau das Gegenteil geschah. Verónica wurde wütend. Sie fühlte sich irgendwie abgewiesen und gekränkt. Sie dachte, er würde sie nicht lieben. Oder, schlimmer noch, nicht genug begehren.

»Wenn du dir unsicher bist, sollten wir es lieber lassen.«

Zwei Wochen später sagte sie, sie brauche Zeit zum Nachdenken. Nach einem Monat erfuhr er, dass sie einen neuen Freund aus einer höheren Klasse hatte und dass sie es bereits getan hatten. So endete seine erste Liebe, und die Gelegenheit, seine Unschuld zu verlieren, bot sich erst vier Jahre später wieder, und da geschah es unter dem Einfluss von Alkohol. Bei Weitem nicht so romantisch, wie es mit Verónica gewesen wäre.

Viele Jahre lang spielte er die Szene gedanklich immer wieder durch, allerdings mit anderem Ausgang. Verónica sagte, sie wolle sicher sein, und er sagte, er werde sie niemals verlassen, und streichelte ihr Haar. *Ich werde dich niemals verlassen,* und er küsste ihre bloßen Schultern. *Ich bleibe für immer bei dir,* und sein Mund küsste ihre sommersprossigen Brüste. *Ich liebe dich so sehr* … und dann schlüpfte er in sie hinein …

Manchmal stellte er sich vor, wie er sich hinterher à la Humphrey Bogart von ihr verabschiedete.

So long, Baby, war mir ein Vergnügen. Vielleicht rufe ich dich mal wieder an.

Dann ging er, und sie begann zu weinen. Und ihn ließ das kalt. Der Herzensbrecher Carlos, der er in seinen Tagträumen war, hatte schon viele Frauen weinen sehen und war nicht zu erweichen …

Es gab noch eine Menge weiterer Gründe. Aber alle liefen auf dasselbe hinaus: Er war immer ein anständiger Kerl gewesen. Oder, von anderer Warte aus betrachtet, ein waschechter Trottel. Er beteiligte sich nicht, als die anderen Kinder Pascual verprügelten, einen dementen Nachbarsjungen. Unter seiner Matratze waren keine Pornohefte versteckt. Nie machte er mit, wenn seine Freunde im Supermarkt klauten. Sie stopften sich Schokoriegel und alkoholische Getränke unter die Jacken, er wartete draußen auf sie und begnügte sich mit den Überbleibseln der Beute. Er wartete auch, in diesem Fall an der Theke, wenn sie ein Bordell besuchten. Seiner Exfrau war er niemals untreu. Sie dagegen hatte Affären mit etlichen Arbeitskollegen: in Toiletten, Besenkammern, Büros … Zum Schluss verließ sie ihn und zog bei dem Marketingleiter ihrer Firma ein, der als übler Weiberheld galt.

Aus all diesen Gründen nahm er den Auftrag an. Anders lässt es sich nicht erklären.

Fat Girl Rodeo.

Zunächst musste er eine Telefonnummer anrufen. Eine Frau nannte ihm in breitem texanischem Slang eine Adresse und eine Uhrzeit. Beides notierte er auf einem Papieruntersetzer des Hotels.

»Wir werden alles für morgen Abend arrangieren: das Fest, das Zimmer … Du gehst dorthin, amüsierst dich, bereitest das Terrain vor, und wenn ›Light My

Fire‹ von The Doors erklingt, nimmst du sie mit nach oben aufs Zimmer. Und mach ja kein Licht. Kennst du den Song?«

»Ja.«

»Prima.«

»Und wenn sie nicht will?«

»Ich kenne dich nicht, aber wenn du alle Körperteile

an der richtigen Stelle hast, wird sie deine Einladung annehmen. Sie ist seit Jahren mit keinem Mann zusammen gewesen. Und wenn sie etwas getrunken hat, wirft sie sich jedem an den Hals ...«

»Woran werde ich dich erkennen?«

»Gar nicht. Du wirst nicht wissen, wer ich bin, aber ich werde da sein, keine Sorge. Falls etwas schiefgeht, werden wir Kontakt mit dir aufnehmen. Dieses Ding haben wir zusammen mit vielen Leuten ausgeheckt. Es ist unser Dank« – das sagte sie mit Ironie – »dafür, dass sie immer so nett zu uns war. Du kannst ganz beruhigt sein. Du wirst einen Haufen Leute glücklich machen.«

»Und wie erkenne ich sie?«

»Ha, ha ... du wirst sie schon erkennen. Sie wiegt über hundert Kilo. Sie ist nicht zu übersehen.«

Er legte auf und goss sich noch einen Whisky ein. Seine Reise auf die Dunkle Seite begann. *Darth Géno-Vader* war geboren.

Die Uhrzeiger näherten sich der vereinbarten Zeit. Carlos hatte in der Nachbarschaft der angegebenen Adresse in einem Café gewartet. Nervös ging er auf das Haus zu. Man ließ ihn ein. Das Wohnzimmer war voller Menschen. *Hello, welcome to the party ...*

Jemand reichte ihm ein Getränk. Ein gewisser Eddie. Er stellte Carlos einigen anderen vor. Niemand fragte ihn, wer er sei oder was er dort zu suchen habe. Alle lächelten nur und drückten ihm die Hand: *Nice to meet you …*

Dann sah er sie. Sie saß auf dem Sofa. Teilnahmslos blätterte sie in einer Möbelzeitschrift. Das musste sie sein.

Er trat zu ihr und setzte sich neben sie. Eine Sekunde lang schienen alle zu verstummen und jede seiner Bewegungen zu verfolgen, aber wahrscheinlich bildete er sich das nur ein.

»Hello.«

Sie beäugte ihn streng von der Seite. Sie sagte nichts. Carlos wurde klar, dass es gar nicht so einfach sein würde. Diese Frau war zeit ihres Lebens zurückgewiesen worden und hatte gelernt damit umzugehen. Wenn sie nicht versuchte dazuzugehören, konnte sie auch nicht ausgeschlossen werden. Wenn sie nicht freundlich auf die Leute zuging, wirkte ihr Außenseitertum wie eine persönliche Entscheidung.

Carlos bemühte sich, mit ihr ins Gespräch zu kommen. Die Frau schaute ihn nur an, als frage sie sich, worauf dieser Unbekannte mit dem Latinoakzent hinauswolle. Endlich brach sie ihr Schweigen und sagte eisig:

»Was machst du hier?«

»Ich bin ein Freund von Eddie.«

Sie wandte sich wieder ihrem Heft zu.

»Und du?«

Es verging eine Weile, ehe sie antwortete.

»Ich weiß es nicht. Die meisten dieser Arschlöcher sind oder waren meine Angestellten. Sie haben mich eingeladen, und ich habe zugesagt.«

Wieder verfielen sie in Schweigen. Nachdem er minutenlang im Handbuch des Verführers nach einer passenden Floskel gesucht hatte, sagte Carlos:

»Ich bin froh, dass du zugesagt hast.«

»Ich heiße Sonya. Woher kennst du Eddie?«

Er zögerte.

»Ich kenne ihn nicht besonders gut. Aber er hat mich zur Party eingeladen.«

Anscheinend gab sie sich damit zufrieden und beschäftigte sich weiter mit ihrem Möbelheft. Die Zeit verging, und Carlos erschien die ihm aufgebürdete Mission immer schwieriger. Er war unsicher. Und wenn er davonrannte? Dann würde aus seinem Anliegen auch nichts. Wenn er seinen Teil der Abmachung nicht einhielt, war auch nicht anzunehmen, dass man ihm die gewünschte Gefälligkeit erwies, ... und dabei hatte er sich mittlerweile schon ganz darauf eingestellt. Andererseits wäre, sobald man ihm den verlangten Gefallen getan hätte, nichts mehr von Bedeutung, was immer er jetzt tat ... und so würde er einmal im Leben die Dunkle Seite kennenlernen, die der Skrupellosen, die zu allem fähig sind, um ihren Willen durchzusetzen. Die Seite der Sieger.

In diesem Augenblick waren die ersten Töne eines Stücks von The Doors zu hören. Carlos stellte fest, dass er nicht genau wusste, welches Lied ›Light My Fire‹ war, vermutete aber, dass es dieses war. Es wurde höchste Zeit. Er musste alles auf eine Karte setzen.

»Ich weiß nicht, wer du bist. Und will es auch gar nicht wissen. Ich begnüge mich damit, dass du Sonya heißt. Morgen kehre ich in meine Heimat zurück, und diese Nacht möchte ich mit dir verbringen. Ich könnte versuchen, dich zu verführen, aber dazu habe ich keine Zeit. Außerdem sind wir schon viel zu alt für solche Spielchen. Gehst du mit mir diese Treppe hinauf und in eines der Zimmer dort oben?«

Ungefähr dreißig Sekunden lang saß sie reglos da. Dann stand sie auf und ging ohne ein Wort die Treppe hinauf. Carlos folgte ihr.

»Mach kein Licht«, sagte er nur. Sie nickte.

Er wählte das angegebene Zimmer, das zweite auf der rechten Seite. Er tastete sich in der Dunkelheit voran. Der CD-Player stand, wo er stehen sollte. Er drückte die Play-Taste, und die vorbereitete Musik erklang. Country-Musik in ziemlicher Lautstärke. Das verhinderte, dass die Frau auf irgendwelche anderen Geräusche achtete. Er näherte sich ihr und fing an sie auszuziehen.

Zu jedem anderen Zeitpunkt seines Lebens hätte er es als unangenehm empfunden, diesen voluminösen Körper zu küssen, aber jetzt war ihm alles recht. Er war nicht Professor Génova. Er war Carlos auf dem Weg in den Abgrund. Der neue *Carlos, der Gnadenlose*. Ein Egoist, der zu allem fähig war, um seinen Willen durchzusetzen …

Was weiter geschah, erschien ihm im Nachhinein wie ein Traum. Er legte sie bäuchlings aufs Bett und drang von hinten in sie ein. Er hörte Schritte, ließ sich aber nicht beirren. Das hieß, dass alles nach Plan lief. Da er Angst hatte, auch sie könnte etwas hören, beschleunigte er den Rhythmus seiner Stöße. Die Frau stöhnte sehr laut. Jemand konnte sich ein kurzes Auflachen nicht verbeißen, was sie zwar nicht mitbekam, Carlos jedoch einen Stich versetzte.

›Hoffentlich ist das bald zu Ende …‹, dachte er.

Da ging das Licht an. Der Professor schloss die Augen und klammerte sich mit aller Kraft an den überdimensionalen Körper.

»Eins, zwei, drei …!«, zählte ein Chor von Stimmen.

Sonya sprang auf, versuchte, ihn abzuschütteln, und rannte auf der Flucht vor den Blitzlichtern schreiend durchs Zimmer. Carlos, der ein guter Reiter war, hielt

sich auf ihr bis fünf. Dann prallte er gegen die Wand und verlor die Besinnung.

Das Rodeo war beendet. Er hatte nur fünf Sekunden durchgehalten. Vermutlich nicht gerade ein Rekord.

Als er wieder zu sich kam, befand er sich in einer Telefonzelle, nur wenige Meter von dem Haus entfernt. Er rief ein Taxi und ließ sich zum Hotel bringen, das er nicht mehr verließ, bis es Zeit für den Rückflug war.

Im Flugzeug kam ihm erstmalig zu Bewusstsein, was geschehen war. Wie hatte er so etwas Gemeines tun können? Warum war Sonya diesen Leuten so verhasst? Wie hatte sie sich danach gefühlt? Ob das ein in den Vereinigten Staaten gebräuchlicher Racheakt war?

Er hatte seinen Teil des Vertrages erfüllt, und nun würde jemand den zweiten Teil erfüllen … Seine Knie begannen zu schlottern. Er erinnerte sich, was er geschrieben hatte: *Ich hasse mein Leben und möchte sterben.* Wie würde es geschehen? Würden sie es tun, während er schlief? Eine verirrte Kugel? Würde er überfahren, sobald er die Straße überquerte? Er begann, sich nach allen Seiten umzusehen. Und wenn sein Mörder in diesem Flugzeug saß?

»Möchten Sie etwas trinken?«

Nein, natürlich nicht. Das Getränk könnte vergiftet sein. Und wenn ein Sadist diesen Eintrag in der Gefälligkeitenliste gewählt hatte? Und wenn der ihn erst nach stundenlanger Qual langsam sterben ließ? Der Gedanke an Selbstmord beschäftigte ihn seit Monaten, und irgendwann hatte er es für eine gute Idee gehalten, eine andere Person tun zu lassen, wozu er nicht den Mut fand … Aber bezüglich der Art und Weise hätte er womöglich konkreter werden müssen: *Ich hasse mein Leben und möchte sterben, ohne es zu merken und ohne zu leiden.* Aber nein, er hatte es nicht dazugeschrieben, und so war jeder Tod denkbar. Hunderte grausamer Todesarten fielen ihm ein. Langsame und grausame.

Andererseits wollte er ja vielleicht doch noch nicht sterben. Sein Leben war nicht perfekt, ganz und gar nicht, aber es könnte ja auch noch besser werden. War er nicht ein wenig voreilig gewesen? Und wenn er an die E-Mail-Adresse der Gefälligkeitenbörse schrieb und seinen Auftrag stornierte? Bliebe ihm dazu noch Zeit?

Ja, ganz genau, als ich ihn fand, war er gerade aus dem Flugzeug gestiegen. Er hatte nicht einmal seinen Koffer abgeholt, sondern sich schnurstracks in der Toilette versteckt … Wie die Sache ausging? Tja, das weiß ich leider nicht. Die Polizei schaffte ihn mit Gewalt hier weg, weil er brüllte und um sich trat. Ich hielt ihn für einen Irren, der sich das alles nur ausgedacht hatte. Irgendeine Form von Schizophrenie, denn eine solche Geschichte glaubt doch kein Mensch. Sie ist schon sehr skurril. Wie aus einem dieser Kurzfilme von Alfred Hitchcock … Sie kennen auch eine skurrile Geschichte? Über ein paar Jugendliche, die mit dem Hexenbrett gespielt haben? Ich würde sie mir gern anhören, ehrlich, aber ich habe zu tun, und Science-Fiction ist eigentlich nicht so mein Fall. Ich mag lieber Geschichten über ganz normale Leute. Gespenster, Außerirdische und so finde ich langweilig.

Kapitel sechzehn

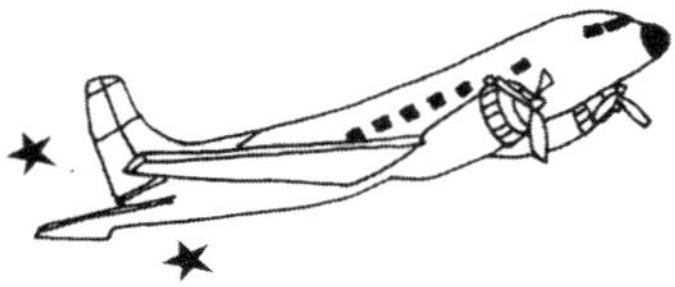

Irrtum, ich huste nicht wegen der Zigarette. Es ist diese verdammte Klimaanlage. Was gibt es da zu lachen? Das meine ich ernst. Ich arbeite schon zu lange in diesem Terminal, und auf die Dauer macht sich das bemerkbar. Niesen, Triefnase, Heiserkeit ... Früher hatte ich das nie. Bevor es die Klimaanlage gab. Aber gut, jeder Beruf hat seine Unannehmlichkeiten. Als ich noch in der Werkstatt arbeitete, stank ich immer nach Schmieröl und hatte Schwielen an den Händen. Das ist noch viel schlimmer, finden Sie nicht? Sie würden sich von solchen Händen bestimmt nicht gern anfassen lassen. Meine Frau Leonor mochte es auch nicht. Das mit der Hornhaut ging ja noch, aber sie konnte den Geruch nicht ertragen. Einmal hat sie mir die Hände selbst gewaschen, weil sie steif und fest behauptete, es sei meine Schuld. Sie meinte, ich würde sie mir nicht gründlich waschen. Aber sie erreichte auch nicht viel. Es ist ein hartnäckiger Geruch ...

Diese Zigarette ist eine Ausnahme. Grinsen Sie nicht immer so. Eigentlich rauche ich nicht. Mein Arzt hat mir gesagt, je weniger Laster man in meinem Alter hat, desto besser. Und ich denke, man sollte auf die Ärzte hören.

Immerhin haben sie jahrelang studiert. Und irgendwas wird man ihnen in all der Zeit ja wohl beigebracht haben, nicht wahr? Ich habe vor Akademikern immer großen Respekt gehabt.

Aber, nun ja, ich hatte einfach Lust, und wenn ich jetzt schon einmal dabei bin, rauche ich sie zu Ende und verspreche Ihnen, dass ich mir danach keine mehr

anstecken werde.

Ach, übrigens, könnten Sie bitte aufhören, mit dieser Zeitschrift herumzuwedeln? Nein, nein, nur so. Ich weiß schon, dass es hier sehr verqualmt ist, aber es gibt Leute, die das missverstehen könnten … Sie wissen nicht, wovon ich rede, natürlich nicht. Egal, nicht so wichtig.

Wohin geht die Reise denn? Nach Marrakesch, Ihren Bruder besuchen? Schöne Stadt. Waren Sie schon einmal dort? Drei Mal … na, was soll ich Ihnen dann noch erzählen? Von den würzigen Düften des Basars, den Straßenmusikanten und Schlangenbeschwörern, den wolkenlosen Tagen, an denen man hinter den roten Mauern den Atlas sehen kann …

Sie haben Angst vorm Fliegen? Aber Sie haben doch schon Erfahrung. Sie brauchen keine Angst zu haben. Laut Statistik fordern Flugzeugunglücke weniger Todesopfer als Autounfälle. Nur wird von Verkehrsunfällen nicht einmal mehr im Fernsehen berichtet, und Flugzeugabstürze sind immer gleich in den Schlagzeilen. Machen Sie sich keine Sorgen, auch wenn Sie das erste Mal ohne Ihren Bruder fliegen. Ihr Bruder ist kein Pilot, wäre also im Notfall auch keine große Hilfe.

Ich weiß schon, dass das keine Frage der Logik, sondern ein Bauchgefühl ist. Angst ist immer irrational.

Wissen Sie, was meine Nichte gemacht hat, als sie für die Flitterwochen nach Cancún geflogen ist? Sie hat bei der Stewardess Wein bestellt und getrunken, bis sie eingeschlafen ist … In Ihrem Fall ist es allerdings nur ein kurzer Flug, da weiß ich nicht, was ich Ihnen raten soll. Sie müssten ja jetzt schon mit dem Wein anfangen, damit er unterwegs Wirkung zeigt.

Eines lassen Sie sich aber gesagt sein: Wenn Sie Angst vor der Landung haben, flüchten Sie nicht aufs Klo. Nein, vermutlich kämen Sie gar nicht auf die Idee, aber Sie wären nicht die Erste. Ich weiß von einem Mädchen, einer bildschönen Mulattin mit heller Haut und afrikanischen Zügen, die genau das getan hat. Sie hatte sich vor lauter Angst versteckt und sich bei der Landung den Kopf angehauen.

Nein, sie kam nicht ins Krankenhaus. Aber sie verlor das Gedächtnis. Stellen Sie sich nur mal vor, plötzlich auf einem Flughafen zu stehen und sich an nichts mehr zu erinnern. Denn Flughäfen sind quasi Niemandsland. Alle sehen gleich aus. Alle sind unpersönlich und liefern Ihnen nicht viele Anhaltspunkte, wenn Sie nicht mehr wissen, wer Sie sind oder wohin Sie wollen.

Was mit ihr passiert ist, fragen Sie? Sie übernachtete schließlich bei einem Arbeitskollegen von mir. Sie hatte weder Papiere noch Geld. Anscheinend war ihr durch den Schlag auf den Kopf nicht nur das Gedächtnis, sondern auch die Brieftasche abhandengekommen. Sie hatte Glück, dass Pau – so hieß mein Kollege – ihr Hilfe anbot. Pau war ein sehr guter Mensch. Und ich spreche von ihm in der Vergangenheitsform, weil ich seit Jahren nichts von ihm gehört habe, nicht etwa weil ihm etwas zugestoßen wäre. Gott bewahre, er ist noch so jung.

Sehr fleißig war er nicht, um die Wahrheit zu sagen. Die Chefs meinten, er sei zu langsam und lasse sich zu leicht ablenken. Er war Künstler, das sagt eigentlich schon alles. Wo gibt es einen Künstler, der zugleich ein fleißiger Arbeiter wäre? Künstler sind mit ihren Gedanken dauernd woanders: bei ihrem nächsten Bild, Roman oder Lied. Sie sind gar nicht imstande, sich auf so profane

Fragen zu konzentrieren wie die, ob unter den Stühlen am Gate acht schon gefegt ist oder nicht.

Ich zum Beispiel gebe zu, dass ich gern ein Schwätzchen halte. Aber in all den Jahren, die ich mittlerweile hier bin, hat man mich nicht ein einziges Mal ermahnt, weil ich mit meiner Arbeit nicht fertig geworden wäre. Wenn ich zwei Minuten vertrödele, lege ich mich in den nächsten zwei Minuten doppelt ins Zeug. So mache ich das immer.

Sie wollen wissen, was aus dem Mädchen geworden ist, das sein Gedächtnis verloren hatte? Nun, zunächst werde ich Ihnen sagen, wie die Geschichte anfing. Immer eins nach dem anderen, nicht wahr? Sie fängt damit an, dass Pau dem Mädchen einen Namen gab. Er konnte es ja nicht immer *He, du!* rufen. Während sie also herauszufinden versuchten, wer sie war, taufte er sie Mía. So hieß eine seiner Romanfiguren … Ja, er war Schriftsteller, mehr oder weniger. Sie war damit einverstanden, vorübergehend Mía zu heißen. Sie war auch damit einverstanden, vorübergehend bei Pau zu wohnen. Ohne Geld blieb ihr ja nicht viel anderes übrig.

Die Nachforschungen waren komplizierter als gedacht. Sie wusste nicht, mit welchem Flug sie gekommen war, und auf dem Flughafen half man ihr auch nicht wirklich weiter. Nach drei Tagen dachte sie, das Beste wäre wohl, zur Polizei zu gehen. Vielleicht würden ihre Fingerabdrücke etwas ergeben, obwohl sie gehört hatte, dass sie nutzlos sind, wenn man nicht vorbestraft ist.

Sie fragte sich, was ihr lieber wäre: vorbestraft zu sein oder keinen Schimmer zu haben, wer sie überhaupt war. Sie konnte sich die Frage nicht beantworten. Wer das Gedächtnis verliert, muss auf alles gefasst sein. Sie hätte eine vermögende Erbin sein können. Oder eine aussichtsreiche Studentin der Ingenieurswissenschaften. Aber ebenso gut auch eine Serienmörderin oder Briefträgerin. Das konnte man nicht wissen. Die Kleidung mag Hinweise geben. Aber ihre Kleidung war ganz normal … weder besonders teuer noch besonders ärmlich. Mittelschicht. Und das sagt so gut wie gar nichts aus.

Sie bekam Angst davor, zur Polizei zu gehen. Sie bekam Angst zu erfahren, wer sie war, und womöglich etwas zu finden, das ihr nicht gefallen würde. Sie sprach mit Pau darüber, und er riet ihr, gar nichts zu unternehmen.

»Geh nicht zur Polizei. Gib mir noch zwei Tage, dann bin ich fertig.«

»Fertig womit?«

Pau lächelte geheimnisvoll.

»Ich werde dir geben, was du dir wünschst.«

In jenen Tagen sprachen sie viel miteinander. Pau fotografierte sie mit Hingabe und fragte sie ständig darüber aus, wer sie am liebsten wäre. Sie ließ ihrer Einbildungskraft freien Lauf und erträumte sich selbst. Eine Zeit lang wollte sie Kriegskorrespondentin sein. Dann wieder die erste Frau auf dem Mond. Sie hatte eine blühende Fantasie, und obwohl Pau das großartig fand, nützte es ihm nicht viel für seinen Plan. Bis er eines Tages von der Arbeit nach Hause kam und feststellte, dass Mía den alten Schaukelstuhl seines Freundes repariert hatte.

»Mir war langweilig, da habe ich ein wenig Material gekauft, um ihn zu flicken. Was hältst du davon?«

Pau lächelte, setzte sich hinein und begann, gemütlich zu schaukeln. Das war es, was ihm gefehlt hatte. Sein Plan war fertig.

Am folgenden Tag sagte er zu Mía, er habe eine Überraschung für sie, und überreichte ihr ein Päckchen.

»Was soll das? Du hast schon genug für mich getan.«

»Sei still, und mach es auf.«

Mía riss das Geschenkpapier ab und hielt ein mit bunten Zeichnungen verziertes Fotoalbum in der Hand. Verwirrt sah sie Pau an und schlug die erste Seite auf. Es gab mehrere Fotos von einem kleinen Mischlingsmädchen. In einer Wiege, in den Armen einer schwarzen Frau und eines weißen Mannes. Darüber stand: *Mía und ihre Eltern.*

»Wer ist das?«

»Das bist du.«

»Das bin nicht ich.«

»Das sind deine Eltern«, sagte er und wies auf eine Fotografie. Deine Großeltern sind aus Nigeria nach Paris ausgewandert. Dort lernte deine Mutter deinen Vater kennen. Sie verkaufte Blumen auf dem Montmartre. Er war Maler und wollte die Straßenecke malen, an der sie jeden Tag stand. Während er sie mit großer Sorgfalt malte, verliebte er sich immer mehr in sie. Er malte ihre Augen, ihre Hände, ihr Haar … und so wurde sie die Seine.«

Mía blätterte um.

»Siehst du, das ist dein Geburtstag. Da bist du vier geworden. Diese Schramme im Gesicht hat dir dein Hund verpasst. Ihr habt gespielt, und dabei hat er dich gekratzt.«

»Habe ich keine Geschwister?«

»Nein, du bist Einzelkind.«

Mía betrachtete die Fotos mit ernster Miene.

»Das ist der Tag, an dem du deinen Schulabschluss gemacht hast. Die neben dir ist Julie. Sie war lange deine beste Freundin, aber als sie dann mit Jean-Claude ging, wurde sie unausstehlich.«

»Wie kommen du und ich zusammen auf dieses Foto? Du siehst jünger aus.«

»Das ist zwei Jahre her. Du warst hier, um Spanisch zu lernen. Du hast dich mit einem Stadtplan abgeplagt. Ich habe dich angesprochen und dir geholfen den Weg zu finden. Ich habe dir gesagt, du könntest mit mir kommen, weil ich dort auch hinwollte. Das war geflunkert. Ich wollte dich nur nicht weggehen lassen. Ich habe dich dann zu einer Limonade eingeladen, und wir haben uns für den nächsten Tag verabredet. Es war der schönste Sommer unseres Lebens. Danach musstest du wieder zurück nach Paris, und wir haben uns Liebesbriefe geschrieben. Die kitschigsten, die je geschrieben wurden. Bis ich dir vorschlug zu mir zu ziehen und du einverstanden warst. Du warst noch sehr jung, und deine Familie war dagegen, aber wahre Liebe kennt keine Hindernisse. Ich habe den Job am Flughafen angenommen, um neben dem Studium etwas Geld zu verdienen. Du hast dir Arbeit als Möbelrestauratorin für mehrere Secondhandläden gesucht. Du hast schon immer gern mit den Händen gearbeitet.«

Mía legte das Album auf den Boden.

»Es gibt ein paar Fehler. Zum Beispiel habe ich kein Muttermal am Hals. Wie erklärst du dir, dass ich als Baby ein Muttermal gehabt haben soll und jetzt nicht. Außerdem ist das nicht dein Haus. Wo haben wir gewohnt? Bei deinen Eltern?«

»Das spielt keine Rolle. Es könnte doch alles so sein.«

»Ich will nicht sie sein.«

»Warum nicht?«

»Weil ich nicht sie bin.«

»Ist das denn so schlimm? Meinst du, deine Vergangenheit wird realer sein als diese? Sie wird genau das sein: eine Geschichte, die dir jemand erzählt. Dann glaub doch lieber diese Geschichte. In deinem Leben gibt es bezaubernde Anekdoten, von denen ich dir noch nichts erzählt habe. Du bist ein ganz besonderer Mensch. Wenn du erst alles weißt, was du über dich wissen musst, wirst du das selbst erkennen …«

Mía stand auf, verschwand in dem Zimmer, in dem sie sich eingerichtet hatte, schloss die Tür und machte sie nicht wieder auf. Pau blieb niedergeschlagen im Schaukelstuhl sitzen. Er hatte zwei Tage darauf verwendet, Mía zu erfinden. Die Fotos waren aus dem Internet. Das Kind ähnelte Mía tatsächlich … Was war an einem Muttermal so wichtig? Warum war es so wichtig, ob diese Vergangenheit oder eine andere?

Hätten Sie sich darauf eingelassen? Sind Sie sicher? Finden Sie es in Ordnung, in wildfremden Menschen Ihre Eltern zu sehen? Nun, stimmt auch wieder. Für jemanden, der an Amnesie leidet, sind sogar die eigenen Eltern

Fremde. Trotzdem glaube ich, dass man sich nicht allein mit dem Kopf erinnert. Mit dem Körper auch. Angenommen, ich würde das Gedächtnis verlieren. Möglicherweise hätte ich dann meine Leonor nicht wiedererkannt. Aber meinen Sie, ich wäre nicht erschaudert beim Duft ihres Parfüms? Vielleicht hätte ich nicht gewusst warum, aber ich hätte mich magisch angezogen gefühlt. Das ist schwer zu erklären. Auch die Sinne haben ein Gedächtnis. Eine Melodie, etwas, das den Händen vertraut ist … das muss einem doch durch und durch gehen.

Sie geben mir recht? Sehen Sie? Auf den ersten Blick mag es verlockend erscheinen, eine makellose Vergangenheit zu haben. Mit einer Bilderbuchvergangenheit kann man in der Gegenwart schwerlich unglücklich sein. Eltern wie aus einer amerikanischen Fernsehserie. Einen Haufen Freunde in der Schule. Einen so lieben Kerl wie Pau zum Freund … Trotzdem hätte irgendetwas nicht gestimmt. Davon bin ich überzeugt. Sie ahnte, dass es nicht gut gehen konnte, deshalb schloss sie sich in ihrem Zimmer ein.

Ich möchte Ihnen eine Frage stellen: Wenn Sie die Chance hätten, würden Sie Ihr Leben gegen ein anderes eintauschen? Ich gebe Ihnen einen Augenblick Bedenkzeit. Darüber brauchen Sie nicht nachzudenken? Und Ihre Antwort?

Nein. Natürlich nicht, ich auch nicht. Das Leben ist, was wir daraus machen. Tagtäglich geben wir ihm seine Form und suchen uns jeweils die Wege aus, die wir für die besten halten. Niemand treibt uns mit Waffengewalt. Jeder geht seinen Weg.

So einfach ist das nicht? Es gibt auch Leute, die den falschen wählen? Ja, ja, erzählen Sie mir das. Klingt nach einer wirklich interessanten Geschichte. In letzter Zeit höre ich kaum interessante Geschichten.

Ihr Bruder wurde von einem Mann angesprochen? Hier auf diesem Flughafen? Was Sie nicht sagen! Und ich habe vor lauter Kehren nichts mitbekommen. Der Mann sagte, Ihr Bruder habe ihm sein Leben gestohlen? Das hat Sie bestimmt schockiert … erzählen Sie weiter …

Also schön, ich erzähle meine Geschichte fertig, und hinterher erzählen Sie mir Ihre. Aber dann müssen wir entweder noch eine Zigarette rauchen oder rausgehen, denn der Qualm hier bringt mich um. Was für ein trister Ort, nicht wahr? Gehen wir lieber raus. Wir könnten in die Cafeteria gehen und uns bei Sara einen Kaffee bestellen. Haben Sie Lust auf einen Kaffee? Sara ist die Kellnerin. Sehr sympathisch, Sie werden sehen. Und seit sie sich verliebt hat, noch sympathischer. Sie lächelt unentwegt … Ich lade Sie ein.

Eigentlich ist die Geschichte damit schon fast zu Ende. Mía blätterte in der Illustrierten, die an dem Tag, an dem sie sich den Kopf angeschlagen hatte, in ihrer Tasche war, und fand eine mit Kuli geschriebene Telefonnummer. Darüber stand *Jean*. Sie wählte die Nummer und verließ das Haus. Sie kehrte nicht mehr zurück. Weder an diesem Tag noch an den folgenden.

Pau fehlte immer öfter auf der Arbeit. Anscheinend war er in ärztlicher Behandlung wegen *Melancholie*. So wurde die Depression in der Literatur des Goldenen Zeitalters genannt. Ein viel schönerer Name, finden Sie nicht? Melancholie.

Als sein Freund von seinem Auslandsaufenthalt zurückkam, zog Pau zu seinen Eltern. Eines Tages erfuhr ich, dass er alles aufgegeben hatte und nach Paris gegangen war. Er schickte mir eine Postkarte vom Montmartre. Das war sein letztes Lebenszeichen. Er gab uns keine Adresse und keine Telefonnummer. Im nächsten Sommer kam er nicht mehr zum Flughafen. Und auch in keinem der folgenden Sommer. Er hinterließ eine Lücke, eine schmerzliche Lücke. Pau war ein Sonnenschein. Meine anderen Kollegen sind trübe Tassen. Sie fegen, gähnen, kratzen sich und reden über Fußball. Mit Pau war das etwas ganz anderes. Manchmal dichteten wir den Menschen, die im Terminal warteten, aus Jux ein Leben an … Sehen Sie, bestimmt hat ihn das auf die Idee gebracht.

Die Geschichte ist noch nicht zu Ende. Nach langer Zeit kam eines Nachmittags im August sein Freund hierher und fragte nach ihm. Wir sagten ihm alle dasselbe, nämlich dass Pau schon seit mehreren Jahren nicht mehr hier arbeitete.

»Ich weiß nicht, wo ich ihn noch suchen soll. Ich hatte die Hoffnung, er würde sich in diesem Sommer eventuell wieder hier blicken lassen …«

»Sie können sich gar nicht vorstellen, wie sehr wir ihn vermissen«, sagte ich. Paus Freund gab mir einen Zettel mit einer Telefonnummer. Daneben schrieb er *Mía*.

»Falls Sie ihn sehen, sagen Sie ihm, dass ein französisches Mädchen bei mir war, das auf der Suche nach ihm ist. Sie sagte, sie wolle ihr Fotoalbum. Ich musste die ganze Wohnung auf den Kopf stellen, aber wir konnten es nicht finden. Sie brach in Tränen aus. Ich wusste nicht, was ich sagen sollte. Ich wusste nicht, was los war. Ich wusste nicht, wo Pau steckte. Seine Eltern sagten, in Paris, wussten aber selbst nicht viel mehr. Das Mädchen erzählte mir, als Baby habe sie ein Muttermal gehabt, es sei aber entfernt worden, weil die Ärzte es für gefährlich hielten. Sie sagte, Pau und sie hätten sich kennengelernt, als sie auf dem Stadtplan nach einer Adresse suchte und er ihr den Weg zeigte. Ich hatte von dieser Geschichte noch nie etwas gehört, aber sie klang so überzeugt … und sie tat mir so leid.«

Ich steckte die Nummer in die Hosentasche. Sehen Sie, ich habe sie immer noch bei mir. Irgendwann kommt Pau zurück. Dann wird er bestimmt hier auftauchen. Und dann werde ich ihm diesen Zettel geben.

Wie können Sie so etwas sagen? Das dürfen Sie nicht einmal denken. Er wird kommen, selbstverständlich wird er kommen. Und ich werde ihm den Zettel geben …

Kapitel siebzehn

Ich komme Sie ab und zu besuchen. So leicht werden Sie mich nicht los. Wenn ich Kaugummis brauche, komme ich zu Ihnen. Stimmt schon, ich hab's dann ein bisschen weiter, aber ich werde mehr Freizeit haben, als mir lieb ist, und der Bus ist für Rentner kostenlos, wussten Sie das nicht? Eine Zunft mit vielen Privilegien …

Wie schnell doch die Zeit vergangen ist. Gestern habe ich noch auf der Straße Ball gespielt, und in ein paar Tagen bin ich im Ruhestand. Dabei bin ich noch genau derselbe, im Ernst. Derselbe kleine Junge mit kurzen Hosen und aufgeschürften Knien. Das mit dem Erwachsenwerden ist im Grunde doch ein einziger Schwindel. Man hat uns etwas vorgemacht. Als Kind sah ich mir die Erwachsenen an und dachte, sie wüssten Dinge, die ich nicht wusste, und dass heranreifen bedeuten würde, dass man eine höhere Stufe erklimmt, gewissermaßen Schritt für Schritt die Treppe des Lebens hinaufsteigt. Aber das ist nicht wahr. Ich habe weder Stufen noch Treppen noch sonst was bemerkt. Ich bin immer noch derselbe. Die Jahre vergehen, und es ändert sich nichts, außer der Hosengröße und der Anzahl der Haare auf dem Kopf. Tief im Inneren bin ich weiter der schusselige, schwatzhafte, leicht verrückte Junge.

Die einen kommen, die anderen gehen. Das Leben bedeutet, Namen aus deinem Telefonbuch zu streichen und neue hineinzuschreiben. Das habe ich immer gesagt. In ein paar Tagen wird mich ein anderer ersetzen. Ein jüngerer. Und ich werde an diesen Kaffeefahrten für Rentner teilnehmen, die so billig sind und auf denen man immer Wolldecken kauft, die man nicht braucht. Aber wenn es sein muss, werde ich auch das tun: Ich werde mich fügen und die Decken kaufen.

Organisierte Reisen sind wie Lottospielen. Wenn du mit den Leuten klarkommst, kann es bereichernd sein, aber wenn nicht …

Man verbringt zu viele Stunden miteinander. Das kann so weit gehen, dass du ein Reiseziel verabscheust, nur weil sich dein Sitznachbar im Bus an deine Schulter lehnt und höllisch schnarcht, während die Frau in der Reihe vor dir Thunfischbrötchen für ihre zwei kreischenden Kinder schmiert und der einzige Mensch, der sich herablässt, mit dir zu reden, ein Fußballfan ist und felsenfest glaubt, dass es außer Fußball kein interessantes Thema gibt …

Selbstverständlich können wir zusammen fahren! Aber Sie haben noch viele Jahre Zeit bis zur Rente. So viele nun auch wieder nicht? Na gut, wie viele es auch sein mögen, ich warte auf Sie. Wie sagte Oscar Wilde: *Ich werde immer auf Sie warten, wenn Sie nicht zu lange brauchen*. Hi, hi. Der Mann war ein Witzbold, finden Sie nicht?

Apropos, das erinnert mich an … Ich weiß nicht warum, denn er hieß weder Oscar, noch war er ein Witzbold, und aus Irland kam er auch nicht, aber wie dem auch sei … Erinnern Sie sich noch an Eduardo, der früher hier auf dem Flughafen gearbeitet hat? Ja, ich weiß, dass Sie ihn nie kennengelernt haben. Er ging nach Indien, kurz bevor Sie hier anfingen. Aber ich habe Ihnen von ihm erzählt, stimmt's? … Ja, genau, der Mann, der sich in Nepal ein Kind gekauft hatte. Nun ja, vor einigen Tagen habe ich beinah zufällig erfahren, wie die Geschichte endete. Ein sehr trauriges Ende. Aber sie hätte nicht anders ausgehen können. Hätte er zum Schluss mit der Fernbedienung in der Hand auf dem Sofa gesessen, wäre keine seiner Taten der Mühe wert gewesen. Stellen Sie sich vor, Romeo und Julia sterben nicht. Sie brennen durch und ziehen in eine Fünfzigquadratmeterwohnung, in der sie und ihre drei Kinder kaum Platz finden.

»Romeo, nimm die Füße vom Tisch, den habe ich gerade abgewischt.«

»Ich arbeite den ganzen Tag, darf ich es mir da nicht einmal in meinen eigenen vier Wänden bequem machen?«

Und: »Schrecklich, du wirst deiner Mutter mit jedem Tag ähnlicher«, und: »Fass mich nicht an, du stinkst nach Schweiß, geh duschen.« … Sie wissen schon, was ich meine. Wer würde sich dann noch an die Leiden erinnern, die sie durchmachen mussten, an ihre Not und den Familienzwist?

Niemand. Kein Mensch.

Und darum ist Eduardos Ende das Ende, das er verdient hat. Nicht dass ich gutheißen wollte, was er getan hat, ganz und gar nicht, aber wenn man sein Leben lebt, als wäre man der Protagonist eines Romans, muss man sich ein gutes Ende einfallen lassen.

Vor ein paar Monaten traf ich seine Mutter, die Fotografin. An niemandem geht die Zeit spurlos vorüber. Sie war spindeldürr und sah schlecht aus. Sie hatte ein Kind an der Hand. Einen bildhübschen Jungen mit asiatischen Zügen. Ich habe mich sehr gefreut, denn sie war vor fast zehn Jahren weggezogen, und seither hatten wir uns nicht gesehen. Auch sie schien sich zu freuen, als sie mich sah. Wir schauten uns lächelnd an und wussten nicht recht, was wir sagen sollten. Denn wenn man jemanden so lange nicht gesehen hat, sagt man entweder »Irre, wie die Zeit vergeht« und verabschiedet sich unter irgendeinem Vorwand, oder man trinkt einen Kaffee und sitzt mindestens zwei Stunden zusammen.

Keiner von uns beiden erwähnte das mit dem Kaffee, also sagten wir »Irre, wie die Zeit vergeht«, und ich schäkerte mit dem Jungen. Zum Glück hatte ich einen Hustenbonbon in der Tasche.

»Hallo, mein Kleiner, kennst du Onkel Salvador nicht? Schau mal, was er hier für dich hat.«

Der Junge lächelte, wickelte den Bonbon aus und steckte ihn hastig in den Mund.

»Wie sagt man?«

»Danke«, erwiderte er mit vollem Mund.

Wir hatten uns bereits verabschiedet, als ich mich noch einmal umwandte und mich entschloss, ihr die Frage zu stellen, die mir auf der Zunge lag. Ich wusste, dass es kein einfaches Thema war, und schon gar keines, das sich ganz freimütig und in nur einer Minute abhandeln ließe, aber hätte ich nicht gefragt, wäre ich geplatzt, Sie kennen mich ja.

»Ist das Ihr Enkel?«

»Ja.«

»Ist Eduardo wieder da?«

Sie sah den Kleinen an und legte ihm die Hand auf die Schulter.

»Ich weiß es nicht. Ich habe ihn nicht einmal gesehen. Er stellte mir einen Korb vor die Tür mit einer Nachricht und … diesem wunderschönen Geschenk.«

»In einem Korb, wie die Helden alter Zeiten.«

Sie lächelte schief. Sie sah weniger die Ähnlichkeit mit den Helden alter Zeiten als vielmehr die Feigheit ihres Sohnes.

Ich wusste nicht, wie ich reagieren sollte, und zögerte mit meiner Antwort.

»Irgendwann kommt er nach Hause zurück. Er treibt sich schon zu lange in der Weltgeschichte herum. Er wird Sehnsucht nach seiner Familie bekommen und heimkehren.«

Sie zuckte mit den Achseln. Ihr Gesicht, bisher kühl und regungslos, war nun eine Maske der Trauer.

Wo das Kind herkam? Nun, ich weiß es nicht, aber ich denke, das ist nicht schwer zu erraten. Es war der Sohn von Eduardo und Lluvia. Aber warten Sie's ab, es geht noch weiter.

Vor ein paar Tagen sprach ich mit Javier vom Sicherheitsdienst, dem, der bei den Metalldetektoren arbeitet … Sie wissen nicht, wen ich meine? Aber ja doch, Sara, einer mit Locken, der gelegentlich diese Frankfurter Zeitung kauft. Er kann kein Deutsch, hatte aber vor Jahren einmal eine Freundin aus Frankfurt und sagt, er blättere gern darin. Ich glaube, er hofft, irgendwann ihr Foto in der Zeitung zu finden. Er hat mir erzählt, dass sie eine Schauspielschule besucht hat und sehr begabt ist, deshalb schlägt er immer zuerst das Veranstaltungsprogramm auf. Vielleicht hat er Glück und sieht sie irgendwann tatsächlich …

Dieser Javier hatte jedenfalls einen Mann erwischt, der in seinem Koffer eine Pistole schmuggeln wollte. *Um mich zu verteidigen, wenn ich angegriffen werde,* sagte der Mann. Amerikaner, natürlich. Wir fingen an, über

Waffen zu reden, eins ergab das andere, und schließlich erzählte Javier mir eine Geschichte, die ihm ein befreundeter Polizist erzählt hatte.

Ein Mann war offenbar auf seine Dachterrasse gestiegen und hatte mit einem Gewehr herumgeballert.

Ich stelle ihn mir vor, wie er durch das Zielfernrohr späht und sich zwischen der Frau mit dem Einkaufswagen und dem Lotterieverkäufer zu entscheiden versucht. Zwischen dem verliebten jungen Pärchen, das in einem Auto knutscht, und der Alten, die kaum laufen kann. Schließlich traf er seine Entscheidung. Zwei Schüsse. Einer zerschmetterte die Schaufensterscheibe der Bäckerei. Der andere durchschlug das Bein eines Getränkelieferanten, der soeben aus seinem Lastwagen gestiegen war. Schreie, rennende Menschen, die Deckung suchten, Köpfe, die aus den Fenstern schauten. Und der Schütze, der mit geschlossenen Augen auf dem Boden saß, unfähig, noch einmal abzudrücken.

Die Polizei war schnell zur Stelle. Die Dachterrassen und Balkone füllten sich mit Ordnungshütern und Videokameras. Dann rückten die Feuerwehr, ein Krankenwagen und sogar ein Hubschrauber an.

Der Vermittler sprach vom Haus gegenüber durch ein Mikrofon in beruhigendem Ton auf den Mann ein.

Er nannte seinen Namen, seinen Auftrag – dafür zu sorgen, dass er sich ergab – und kam dann direkt zur Sache.

»Sagen Sie uns, was Sie wollen.«

»Ich will Gerechtigkeit«, brüllte der Amokschütze.

»Haben Sie Probleme mit der Gerechtigkeit?«

»Nein, ich nicht. Aber die Welt. Wir haben uns zu Monstern entwickelt. Früher waren wir Menschen, aber jetzt sind wir Monster. Und schon in den Kindermärchen heißt es, dass Monster nicht am Leben bleiben dürfen. Sie müssen verschwinden.«

»Glauben Sie denn, dass es etwas ändert, wenn Sie auf Unschuldige schießen?«

»Niemand ist unschuldig. Oder zumindest nur so lange, bis er Gelegenheit bekommt, sich zwischen Gut und Böse zu entscheiden. Dann ist er es nicht mehr. Die Dunkle Seite gewinnt immer die Oberhand.«

»Sie können nicht alle Menschen ermorden. Sie können höchstens zwei oder drei erschießen, ehe die Polizei Sie umbringt.«

»Das weiß ich. Aber wenigstens werde ich einige Leute zum Nachdenken bringen. Und wer weiß, vielleicht habe ich ja Nachahmer, und wir können die Apokalypse ein bisschen vorverlegen.«

»Hat Gott Sie aufgefordert, das zu tun?«

Der Mann begann zu lachen.

»Behandeln Sie mich nicht wie einen Schizophrenen oder Fanatiker. Ich bin nicht geisteskrank. Das ist doch nur eine Redensart. Apokalypse, Armageddon, Ragnarök, das Jüngste Gericht … nennen Sie es, wie Sie wollen. Sagen wir, Gott hat uns versprochen, dass das alles ein Ende findet, und ein Ende ist nirgends in Sicht. Vielleicht ist er besoffen und schläft seinen Rausch aus und hat es vergessen.«

»Was wollen Sie? Ich besorge Ihnen, was immer Sie wollen.«

»Haben Sie mir nicht zugehört? Gar nichts will ich. Ich bin hier, um zu sterben. Und das ist ein Entschluss, über den man lange nachdenkt, und wenn man ihn

fasst, fasst man ihn endgültig. Das Schießen ist nur eine Symbolhandlung. Ein Bild. Ein Bild sagt mehr als tausend Worte, heißt es nicht so? Sagen Sie also den Massenmedien, sie sollen das hier filmen, sie sollen einen Mann filmen, der glaubt, die Zeit sei reif, mit allem aufzuräumen. Mit einer verkommenen Rasse, einer Rasse von Heuchlern, Mördern, Kinderschändern, Räubern, Lügnern, Vergewaltigern, Wucherern, Sadisten ... Haben Sie gestern die Nachrichten gesehen? Ich schon. Haben Sie sich jemals die Mühe gemacht, sie aufmerksam anzusehen? Damit meine ich nicht, sie laufen zu lassen wie einen Film, der Sie persönlich nichts angeht, während Sie Ihr aufgewärmtes Fertiggericht essen. Damit meine ich, sie bewusst zu sehen, im Wissen, dass diese Dinge gleich nebenan passieren, dass die Täter Ihre Nachbarn sind, Leute, die Ihnen womöglich sympathisch sind. Ordentliche Steuerzahler, die eines Tages aus purer Eifersucht ihre Frau erschießen, ihren besten Freund um ein Ferienhaus am Strand betrügen, sich in den Sommerferien an ihrer kleinen Nichte vergehen oder von ihrem beheizten Büro aus Kriegsstrategien entwerfen, wenn die Benzinpreise steigen. Die sind wie Sie und ich. Es gibt keine Trennungslinie zwischen uns. Begreifen Sie das denn nicht? Wir sind eine monströse Rasse.

Warum ich schieße, fragen Sie mich? Eine Waffe reicht nicht, um Millionen umzubringen? Ich weiß. Aber das ist auch gar nicht meine Absicht. Die Idee ist, dass andere meine Nachfolge antreten, bis es nach und nach kein einziges Menschenwesen mehr auf der Erde gibt. Ausgeschlossen? Natürlich. Spielt das eine Rolle? Natürlich nicht.«

Der Vermittler empfing eine Nachricht über das Mikrofon in seinem Ohr.

»Sie haben uns einen falschen Namen gegeben. Wie heißen Sie wirklich?«

Der Mann schien ihn nicht zu hören, er fuhr einfach mit seinem Vortrag fort:

»Ich habe Ihnen einen falschen Namen genannt und jede Spur verwischt, an der man mich erkennen könnte … Ich habe versucht zu fliehen, wissen Sie? Aber es kam alles anders, als ich es mir vorgestellt hatte. Der Tod ist tückisch, er lauert dir auf und macht deine Hoffnungen zunichte, wenn du am wenigsten damit rechnest. Sie war noch sehr jung. Sie hatte es nicht verdient schon zu sterben. Ebenso gut hätte das Kind sterben können. Wir hätten ein anderes bekommen und es gemeinsam großgezogen. Sie ging dahin, und ich konnte nicht noch einmal von vorn anfangen. Das Kind weinte vor Kälte, und ich weinte mit. Ich hatte nicht die Kraft, noch einmal von vorn anzufangen. Eigentlich hatte ich überhaupt keine Kraft mehr.«

»Möchten Sie mit einem Familienangehörigen sprechen?«

»Nein. Ich habe keine Familie.«

»Irgendetwas müssen Sie doch wollen, oder nicht? Jeder will etwas.«

»Ja, natürlich. Lassen Sie das Fernsehen kommen. Ich möchte, dass live ausgestrahlt wird, was ich zu sag …«

In diesem Augenblick durchschlug eine Kugel seine Kehle, und er brach leblos zusammen. Einer vom Einsatzkommando hatte die Nerven verloren und befohlen, die Sache sofort zu beenden. Das Fernsehen wurde nicht zugelassen. Der offiziellen Version zufolge hatte ein übergeschnappter Fan des Mörders Charles Manson von einer Dachterrasse aus wahllos auf Menschen geschossen.

Das muss nicht Eduardo gewesen sein? Ich denke, daran besteht kein großer Zweifel, aber vielleicht habe ich die Dinge auch nur in meinem Kopf miteinander in Verbindung gebracht. So ergeht es uns ja häufig, aus ein paar losen Daten spinnen wir uns eine Geschichte. Wenn man die passenden Informationen mit Bedacht auswählt und die, die nicht passen, weglässt, kommt dabei heraus, was immer man will.

In diesem speziellen Fall habe ich jedoch, ehrlich gesagt, keine Zweifel. Ich hoffe nur, er hat seine Spuren so gründlich verwischt, wie er gesagt hat, und weder seine arme Mutter noch sein Sohn erfahren je, wie er gestorben ist … Allerdings ist es bei dem heutigen Stand der Technik vermutlich schwer, die Anonymität eines Toten aufrechtzuerhalten. Stellen wir uns lieber vor, er versteckt sich in irgendeinem abgeschiedenen nepalesischen Dorf vor einer Zivilisation, mit der er nie zurechtkam, als dass er von einer Dachterrasse aus wehrlose Menschen abgeknallt hat. Obwohl, wissen Sie was? Wenn ich an ihn denke, sehe ich ihn immer vor mir, wie er durchs Zielfernrohr starrt, erfüllt von Wut und Hass, aber vor allem voller Schmerz. Wie er auf eine Frau zielt, die ihren Hund ausführt, und wie er kurz vor dem Abdrücken ruckhaft die Hand bewegt. Die Kugel zerschlägt daraufhin die Fensterscheibe der Bäckerei. Wie er die Augen schließt, sich selbst Mut zuspricht und ein zweites Mal anlegt, diesmal auf den Getränkefahrer. Und wieder das Zögern, bevor er den Abzug betätigt. Ich stelle mir vor, wie er auf das Bein des Mannes zielt und sich sagt, dass niemand sterben dürfe, dass die Geste dieselbe sei, auch wenn niemand stirbt. Weil der Einzige, der sterben muss, er selbst ist. Endlich sterben. Und sich, falls es ein Jenseits gibt, wieder mit Lluvia vereinen. Oder, wenn es kein Jenseits gibt, sich wenigstens ausruhen.

Kapitel achtzehn

Ein Schwarzes Brett? Na klar, kommen Sie mit. Es ist gleich neben dem Ausgang. Heutzutage hängt dort fast nichts mehr, aber bis vor ein paar Jahren war es rappelvoll. Bevor es Handys gab, als die Kommunikation noch nicht so leicht war. Ich bin gern hingegangen, um zu lesen, was die Leute geschrieben hatten. Ich weiß schon, das ist privat, und ich hätte das nicht tun dürfen, aber ich war schon immer sehr neugierig … Es gab alles Mögliche: von Familien, die stundenlang auf ein Overbooking-Opfer gewartet hatten und ihm schließlich mitteilten, es solle ein Taxi nehmen, bis hin zu Damen, die männlichen Geschäftsreisenden, die sich nur kurz in der Stadt aufhielten, ihre Dienste als »Begleiterin« anboten. Aber die Zeiten haben sich geändert. Mit dem Handy ist jeder jederzeit an jedem Ort erreichbar. Ein Anruf, und alles ist geregelt …

Ich habe kein Handy, weil ich nicht gut sehe und das Bildschirmchen so klein ist. Und, davon einmal abgesehen, wer sollte mich schon anrufen? Ich brauche wirklich keins.

Nehmen Sie diesen Zettel, das ist Reklame für ein Hotel. Werbung ist hier nicht gestattet. Drehen Sie ihn um und schreiben Sie auf die Rückseite. Schreiben Sie vor allem den Namen des Adressaten sehr groß, damit es ihm im Vorbeigehen auffällt. Was wollen Sie ihm denn mitteilen? Wollen Sie ihm Ihre Telefonnummer geben? Ja, das ist das Beste, dann ruft er Sie an, und Sie können miteinander reden. Seltsam. Sie haben Ihre Telefonnummern nicht ausgetauscht, also kennen Sie sich kaum, denn heutzutage gibt man ja seine Nummer, bevor man seinen Namen nennt …

Ich kann mir Ihre Geschichte zusammenreimen. Sie haben sich im Internet kennengelernt, bei einem Chat für Leute in den Dreißigern. Sie haben festgestellt, dass Sie gemeinsame Interessen haben, und Fotos ausgetauscht. Keiner von Ihnen war enttäuscht, und so begannen Sie eine Art Cyberbeziehung aus der Ferne, weil er Uruguayer ist. Jeden Tag verabschiedeten Sie sich mit Sätzen wie: *Ich werfe dir einen Kuss zu, mit aller Kraft, damit er den Ozean überquert. Sollte er dich nicht erreichen, hat ihn wohl ein einsamer Seemann aufgefangen und mit in seine Koje genommen, wo er ihn hütet wie einen Schatz, wie das Feuer seiner kalten Nächte.*

Und jetzt kommt er Sie endlich besuchen. Sie werden sich begegnen. Nach so vielen schriftlichen Küssen und Umarmungen werden Sie diese nun endlich erleben …

Ihr Chef hat Sie beauftragt, einen Kunden abzuholen, aber Sie wissen nur den Namen des Herrn. Ein Kunde Ihrer Firma, der zu Vertragsverhandlungen kommen sollte. Uruguayer? Nein, natürlich nicht. Wäre auch ein großer Zufall gewesen.

Sie betrachten die Nachricht auf dem gelben Zettel. Die ist Ihnen ins Auge gesprungen, nicht wahr? Kein Wunder. Wir waren alle ein bisschen gerührt, als wir sie zum ersten Mal lasen. Das kommt manchmal vor, nicht wahr, dass man fortmuss, auch wenn das Herz schreit und fleht, man solle doch bleiben. Und dann geht man, obwohl man weiß, dass man diese Entscheidung ewig bereuen wird.

Der hängt schon sehr lange da. Aber niemand hat es bisher fertiggebracht, ihn abzunehmen. Und da nicht draufsteht, an wen die Nachricht sich richtet, wissen wir nicht, ob derjenige sie schon erhalten hat. Ich habe viele Leute beobachtet, die sie gelesen und feuchte Augen bekommen haben. Und den innigen Wunsch hatten, diese Worte möchten an sie gerichtet sein …

Wissen Sie, dass ich einige Monate lang glaubte, es sei eine Botschaft meiner Frau Leonor? Das ist Unsinn, denn sie ist schon tot, und ich glaube nicht, dass man im Jenseits Ausgangserlaubnis bekommt: *Verzeihung, ich gehe nur kurz in die Welt der Lebenden zum Flughafen, um einen Abschiedsgruß ans Schwarze Brett zu hängen, bin gleich wieder da.* Aber mir kamen unweigerlich die Tränen, als ich das gelesen habe. Ich stellte mir Leonor vor, wie sie es schrieb und mir mit diesen schönen Worten sagte, dass sie gehen müsse, wir aber immer zusammen sein würden. Immer vereint, wo auch immer.

Glauben Sie nicht, damit sei ich der Einzige. Pau, ein ehemaliger Kollege von mir mit ziemlich originellen Ideen, hatte den Plan, den ganzen Flughafen mit verzweifelten Botschaften zu tapezieren. Das hatte er schon einmal an seiner Universität getan. Er hatte in allen Fluren Zettel aufgehängt, auf denen Dinge standen wie: *Komm zu mir zurück, oder ich bringe mich um / Verzeih mir, dass ich mit deiner besten Freundin im Bett war / Ich bin imstande, eine Wahnsinnstat zu begehen / Wenn du nicht zu mir zurückkommst, werde ich dich finden, und dann gibt es kein Entrinnen ...*

Na ja, in diesem Stil halt, Sie verstehen schon. An der Universität war das wochenlang Hauptgesprächsthema. Die Studenten nahmen diese Nachrichten ernst und sahen sich in eine dramatische Geschichte um Liebe, Untreue und Vergeltung verwickelt. Alle spekulierten, seufzten sehnsuchtsvoll oder lästerten über die wahre Geschichte, die dahinterstecken mochte, und stellten Vermutungen bezüglich der Protagonisten an. Jetzt hatte Pau beschlossen, das Spiel am Flughafen zu wiederholen. Es war sein Beitrag zu den Reality-Shows. Beziehungsweise seine Kritik daran. Er sagte, die Leute ließen sich einfach alles weismachen. Jeden Unsinn, nur um ein wenig Spannung in ihr eintöniges Leben zu bringen. Er würde ihnen eine Geschichte liefern, die sie beim Nachhausekommen erzählen könnten: die von dem verzweifelten Irren, der das ganze Terminal mit Zettelchen beklebt hatte. Aus Liebe.

Er machte die Fotokopien, fing an, sie aufzuhängen, und als er beim Schwarzen Brett angelangt war, entdeckte er dort diese schlichte Nachricht von kaum sechs Zeilen. Es dauerte eine ganze Weile, bis er reagierte. Er blickte sich um und wusste nicht weiter. Dann sammelte er langsam die Zettel wieder ein, die er bereits über die Wände verteilt hatte. Seine Parodie war zu Ende, noch bevor sie begonnen hatte.

Er würde darauf verzichten müssen, die Leute zu beobachten, wie sie seine Zettel lesen, sich gerührt über die rätselhafte Geschichte unterhalten, Motive erfinden und absurde Schlussfolgerungen ziehen würden ... aber das war nicht mehr wichtig. Wenn er weitermachte, würde er sich in gewisser Weise über die Botschaft auf dem gelben Zettel lustig machen.

Pau war zwar ein Rebell, aber er war auch ein Romantiker.

Eines Morgens sah ich eine weinende Frau vor dem Schwarzen Brett stehen. Ich bat sie, sich zu beruhigen, und reichte ihr ein Kleenex. Ich habe immer Kleenex einstecken. Wegen der Klimaanlage, wissen Sie?

»Er musste fort«, sagte die junge Frau. »Er musste. Aber er liebt mich. Jetzt weiß ich, dass er mich liebt und mich niemals vergessen wird. Er ist etwas Besonderes, anders als alle anderen. Aber er musste gehen. Das kann vorkommen. Darum hat er mir diese Nachricht hinterlassen. Unterschrieben hat er sie nicht. Er war zu stolz, sie zu unterschreiben.«

Ich sagte ihr, dass sie großes Glück gehabt hätte, ihm begegnet zu sein, denn aus der Nachricht ginge zweifellos hervor, dass er sie weiterhin liebte, auch wenn er wegmusste …

Einmal, während ich diesen Bereich fegte, näherte sich ein Mann und las den Zettel. Er war ungefähr in meinem Alter.

»Wissen Sie was?«

Ich lächelte ihn an, obwohl ich nicht sicher war, ob er mich meinte. Es war aber sonst niemand in der Nähe.

»Ich werde es tun. Ich werde hinfahren. Ich hätte keine so weit entfernte Arbeitsstelle annehmen sollen. Es war ein sehr guter Job. Eine wichtige Position. Auch sehr gut bezahlt. Aber nichts von dem, was ich erreichen könnte, lohnt sich wirklich, wenn sie nicht bei mir ist. Sie hat gesagt, sie würde mich verlassen. Deshalb habe ich mich ins Flugzeug gesetzt und bin zurückgekehrt.

Und jetzt lese ich auf diesem Zettel, dass sie mich immer noch liebt. Sie wusste, früher oder später würde ich hier vorbeikommen und ihn lesen. Gelb ist ihre Lieblingsfarbe …«

Ich lächelte weiter.

»Mein Entschluss steht fest. Ich weiß, wohin sie gegangen ist. Ich fahre zu ihr. Ich werde sie um Verzeihung bitten für all die Zeit. Für diese monatelange Einsamkeit, die ich ihr zugemutet habe. Ich werde ihr sagen, dass ich alles aufgebe, wenn sie mich darum bittet.«

Er zwinkerte mir zu und rannte hinaus, begierig, in diesen Zug zu steigen, von dem er ständig redete.

Sie sind so still und blass geworden. Alles in Ordnung mit Ihnen? … Was für wunderschöne Sätze. Jeder würde sich wünschen, sie wären an ihn gerichtet. Ist es das, was Ihnen durch den Kopf geht?

Na gut, wenn Sie Ihre Botschaft geschrieben haben, befestigen Sie sie mit einer dieser Reißzwecken. Ich überlasse Sie Ihren Erinnerungen. Manchmal überfallen sie einen ganz unerwartet, schleichen sich von hinten an und springen einem in den Nacken, wenn man am wenigsten damit rechnet.

Kapitel neunzehn

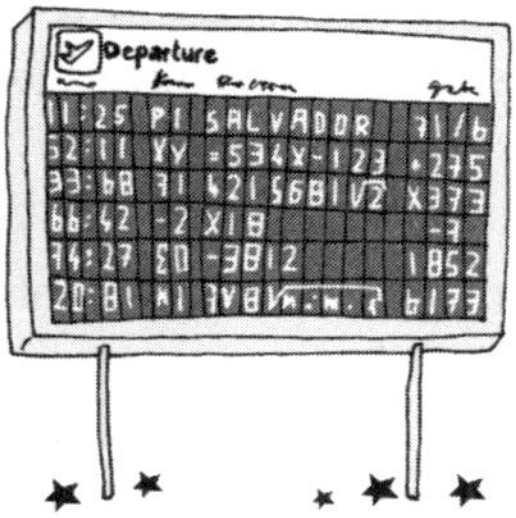

Wie geht es Ihnen, Lidia? Wohin fliegen Sie heute? Nach Amsterdam? Das ist eine sehr hübsche Stadt. Wenn auch ein bisschen langweilig für meinen Geschmack. Beim ersten Rundgang bist du hellauf begeistert, aber allmählich bekommst du das Gefühl, die Straßen sähen alle gleich aus: herrliche Fassaden, Fahrräder, Grachten, Coffeeshops, herrliche Fassaden, Fahrräder, Grachten, Coffeeshops, herrliche Fassaden …

Das Rotlichtviertel ist freilich etwas anderes, da haben Sie recht. Aber auch das hat man schnell gesehen. Sofern man es sehen will, denn ich finde, ein Ort wie dieser dürfte keine Touristenattraktion sein. In den Läden dort wird schließlich Sex verkauft, das sollte man nicht außer Acht lassen. In den Schaufenstern sind Frauen ausgestellt wie Waschmaschinen oder Hosen. Das kann ich nie im Leben gutheißen. Nicht dass ich ihr Gewerbe verdamme. Diese Frauen verdienen sich ihren Lebensunterhalt, so gut sie können … oder wollen. Aber so, in aller Öffentlichkeit, das ist ziemlich entwürdigend, meinen Sie nicht auch?

Sie haben heute keine Lust zu fliegen? Klar, mit einem so kleinen Töchterchen möchte man am liebsten zu Hause bleiben. Aber, na ja, es ist nur eine kurze Reise. Ehe Sie sich versehen, sind Sie zurück und geben Ihrem Kind sein Breichen … aber zuerst die Passagiere abfüttern, hi, hi. Bestimmt müssen Sie viele Nervensägen ertragen. Und mit einem Lächeln, ganz recht. Das ist das Schlimmste, die Nervensäge vom Dienst ertragen und dabei auch noch lächeln zu müssen …

Darf ich Sie mal was fragen? Ohne Sie in Verlegenheit bringen zu wollen, aber haben Sie schon einmal ein Pärchen in der Toilette erwischt? Sie wissen schon … Oft? Auf Langstreckenflügen, natürlich. Das habe ich im Radio gehört. Es ist so eine Art allgemeine Wunschvorstellung, nicht wahr? Anscheinend muss man das mindestens einmal im Leben gemacht haben, um sexuell als normal zu gelten. Und Sie und Ihre Kollegen müssen so tun, als merkten Sie nichts, während Menschen aus aller Herren Länder ihre Fantasien ausleben … Sie haben das auch schon getan? Sagen Sie bloß! … Na, lassen wir das Thema lieber, nicht dass es noch zu persönlich wird. Was ist Ihnen denn unterwegs sonst noch so passiert?

Ah, die Geschichte haben Sie mir schon erzählt. Die mit dem Mann, der sich weigerte, die Bordtoilette zu verlassen. Ich habe Ihnen dann von dem Mädchen erzählt, das sich den Kopf angeschlagen und das Gedächtnis verloren hatte, erinnern Sie sich?

Es stimmt, wenn behauptet wird, die Wirklichkeit übertreffe jede Fiktion. Wer die Ohren aufsperrt, erfährt die unmöglichsten Sachen …

Vor ein paar Tagen habe ich mich mit einer jungen Frau unterhalten, die nach Marrakesch flog, um ihren Bruder zu besuchen, und die erzählte mir etwas Ungeheuerliches. Ihr Bruder ist Korrespondent in Marokko für eine bedeutende Tageszeitung. Schon als Kind wollte er Journalist werden, und wer hartnäckig bleibt, erreicht schließlich, was er sich vorgenommen hat. Das habe ich schon immer gesagt.

Jedenfalls saßen die beiden Geschwister plaudernd im Wartebereich beim Gate, als ein Mann, der in der Reihe hinter ihnen gesessen hatte, aufstand und zu ihnen trat.

»Entschuldigen Sie die Unterbrechung, aber ich konnte nicht umhin, Ihr Gespräch mit anzuhören. Mein Name ist Isidro Chenovart. Ich bin Mathematiker und arbeite für die Universität von Berkeley in Kalifornien. Darf ich mich ein paar Minuten zu Ihnen setzen? Wenn es Ihnen nichts ausmacht, würde ich Ihnen gern ein paar Fragen stellen. Genauer gesagt, Ihnen.«

Damit wandte er sich an den Bruder. Dann blickte er die Schwester an.

»Sie, Señorita, sind eine Frau. Nicht dass ich etwas gegen Frauen hätte, im Gegenteil, vielmehr glaube ich, dass langfristig sämtliche verantwortungsvollen Posten von Frauen besetzt sein werden, aber die Wahrscheinlichkeit einer Übereinstimmung ist gleich null aus dem einfachen Grund, dass Sie eine Frau sind … und ich bin, wie Sie ja sehen, ein Mann.«

Immer mit der Ruhe, Lidia, schauen Sie mich nicht so an. Die beiden haben anfangs auch kein Wort verstanden. Professor Chenovart sprach weiter:

»Wie Sie sich vielleicht schon denken können, ist das mein Spezialgebiet, Wahrscheinlichkeit und Statistik. Ich erforsche das Thema seit Jahren. Finden Sie das seltsam? Das ist, was wir Mathematiker tun. Wir leben inmitten von Zahlen, bis einer von uns gelegentlich auf etwas stößt. Manchmal rein zufällig. Und ich sage zufällig nur, damit Sie mich verstehen, denn Zufälle gibt es nicht. Alles ist pure Wahrscheinlichkeit; auch wenn wir die Verbindungen, die von einem Punkt zum anderen führen, nicht erkennen können, so sind sie doch da, glauben Sie mir.«

Die Geschwister wechselten einen Blick, sie hatten keine Ahnung, worauf der Mann hinauswollte. Isidro nahm seine Brille ab und putzte sie.

»Wie ich gehört habe, sind Sie Pressekorrespondent in Marrakesch.«

»Ganz recht.«

»Und ich bin Mathematiker. Das hat nichts miteinander zu tun. Es ist schon eigenartig, das mit den Berufen. Mein Vater war Bauingenieur und meine Mutter Hausfrau und eine begabte Geschichtenerzählerin. Noch können Sie damit nichts anfangen, aber Sie werden rasch begreifen, warum ich Ihnen das sage. Zuerst ein paar kleine Fragen …«

Er zog ein Notizbuch aus der Tasche und setzte die Brille wieder auf.

»Fahren Sie Auto oder Motorrad?«

»Motorrad.«

Isidro lächelte bei sich.

»Das habe ich nicht anders erwartet. Sie mögen den Wind im Gesicht und das Gefühl der Freiheit, stimmt's?«

»Stimmt. Fahren Sie auch Motorrad?«

»Nein, Auto.«

Professor Chenovart setzte das Interview fort:

»Waren Sie schon einmal in einem dieser Kinos, wo Filme mit Untertiteln gezeigt werden?«

»Ja, oft.«

»Klar. Und wenn ich mich nicht irre, absolvieren Sie gerade ein Zweitstudium an der Fernuniversität.«

»Woher wissen Sie das?«

»Sagen Sie mir nicht, was Sie studieren. Ich werde es Ihnen sagen: Anthropologie.«

»Haben Sie mich ausspioniert?«

»Nein, ich sehe Sie zum ersten Mal. Obwohl mir Ihre Art zu sprechen gleich aufgefallen ist. Sie kommt mir irgendwie bekannt vor. Und diese Lässigkeit, mit der Sie sich bewegen. Man sieht, dass Sie ein selbstsicherer Mensch sind.«

»Wie können Sie das alles über mich wissen? Falls Sie für diesen verdammten Club arbeiten, sollten Sie auch wissen, dass ich bereits Nein gesagt habe.«

»Was für einen Club? Ich arbeite für keinen Club. Ich habe Ihnen doch schon gesagt, dass ich in Berkeley arbeite, im Fachbereich Statistik an der Universität von Kalifornien. Ich bin in einer Minute fertig, werden Sie nicht ungeduldig.«

Er schrieb etwas in sein Büchlein und fuhr fort:

»Sie hatten noch nie eine feste Beziehung …«

»Da täuschen Sie sich.«

»Lassen Sie es mich konkreter ausdrücken. Sie hatten viele feste Beziehungen, was fast auf dasselbe hinausläuft. Sie empfinden diese nicht als Abenteuer. Für ein oder zwei Jahre ist es jeweils die Frau Ihres Lebens. Doch dann erlischt die Flamme. Sechs *feste* Beziehungen?«

»Sieben.«

»Die Wissenschaft ist nicht exakt. Sieben. Ich bin verheiratet. Meine Frau ist Amerikanerin. Sie ist Biologin und arbeitete an einem Projekt mit Kaninchen. Eines schönen Tages rief sie bei uns im Fachbereich an. Wir sollten ihr helfen, die Wahrscheinlichkeit zu berechnen, mit der eine Rasse …«

Die Schwester wirkte gereizt.

»Was wollen Sie?«

Isidro beschwichtigte sie.

»Eine Frage noch. Nur eine. Darf ich?«

»Meinetwegen.«

Er wandte sich wieder dem Bruder zu:

»Sie haben Angst vor Katzen.«

»Das ist keine Frage.«

»Nein, Sie haben recht. Aber sagen Sie mir, ob es wahr ist.«

»Ich habe keine Angst vor ihnen, aber es verursacht mir Unbehagen nicht zu wissen, was sie als nächstes tun werden. Mit einem Hund ist das einfacher. Er gehorcht dir. Du weißt, woran du bist. Aber Katzen gehorchen nichts und niemandem. Urplötzlich springen sie dich an und kratzen dich, und einen Augenblick später schnurren sie und schmiegen sich an dich. Ich finde sie stressig, um genau zu sein.«

Mit einem zufriedenen Lächeln klappte Isidro das Büchlein zu.

»Alles ist, wie ich es vorausberechnet hatte. Werden Sie nicht wütend über das, was ich Ihnen jetzt sage, aber das Leben, das Sie leben, ist eigentlich meines.«

»Was soll das heißen?«

»Sie haben mir mein Leben gestohlen.«

Den Geschwistern verschlug es die Sprache. Die Schwester stand auf und wollte gehen.

»Einen Moment noch. Ich möchte es Ihnen gern erklären. Als Kind hatte ich Spaß am Schreiben. Das hatte ich von meiner Mutter gelernt. Wir setzten uns beide zum Lesen aufs Sofa, und ich erzählte ihr voller Begeisterung, was ich gerade las. Mein Vater, der nicht hinter seiner Frau zurückstehen wollte, führte mich ins Naturwissenschaftliche Museum oder ließ mich helfen, einen Platten am Auto zu reparieren. Er nahm den alten Fernseher auseinander, um ihn mir von innen zu zeigen. Er wollte mich mit seiner Leidenschaft für die Naturwissenschaften anstecken, insbesondere für Mechanik und Technik. Und ich kann nur sagen, dass er auf verlorenem Posten stand. Ich war ein Bücherwurm und so besessen von den Geisteswissenschaften, wie ein Junge vor der Pubertät nur sein kann.

Eines Tages – da war ich dreizehn – saß ich vor dem Fernseher, als etwas durchs Fenster geflogen kam und in das Gerät einschlug. Der Fernseher explodierte vor meinen entsetzten Augen und ging in Flammen auf. Stellen Sie sich mein Gesicht vor. Ein Stück, das sich von einem Flugzeug gelöst hatte, sagten die Experten. Klein, aber aus sehr großer Höhe und darum mit sehr großer Geschwindigkeit herabgestürzt. Wissen Sie, wie hoch die Wahrscheinlichkeit ist, dass so etwas geschieht? Eins zu Millionen, zu Milliarden.«

»Zufall«, sagte der Polizist, der die Untersuchung leitete.

Dieser eine Fall unter Milliarden gab meinem Leben eine Wende. Die Mathematik schlug mich in ihren Bann, und Sie sehen ja, was aus mir geworden ist. Niemand hätte sich träumen lassen, dass dieses Bübchen, diese Leseratte, die sich schon im Kindesalter für Dokumentarfilme interessierte, zwischen Zahlen vergraben in einem Studierzimmer enden würde. Irgendwann wollte ich wissen, wie mein Leben ohne diesen höchst unwahrscheinlichen Zwischenfall verlaufen wäre. Ich begann, die logische Linie meines Lebens für den anderen Fall zu errechnen: den des Jungen, der fernsieht, ohne dass ein Flugzeugteil den Apparat trifft. Was wäre wohl aus ihm geworden? Formel für Formel entstand meine These. Unter Millionen von möglichen Ichs wurde nur eines Naturwissenschaftler. Aus allen anderen wurden Journalisten. Oder besser gesagt, wären Journalisten geworden.«

»Wissen Sie, was Sie da sagen? Das ist Irrsinn …«

»Ich kann Ihnen mit Berechnungen und Formeln beweisen, dass der Mann, der aus diesem Kind geworden wäre, Sie sind. Mit ein paar mathematischen Abweichungen natürlich. Es gibt immer Variablen, die man nicht kontrollieren kann … Und Heisenbergs Unschärferelation, nicht zu vergessen … Ich finde es erstaunlich, Sie gefunden zu haben. Nicht nur erstaunlich, höchst unwahrscheinlich. Und dennoch reden wir jetzt miteinander!

Ich hielt Ihre Existenz für eine reine Hypothese, aber nein, schauen Sie sich nur an. Sie passen in sämtliche Gleichungen: Ihr unstetes Liebesleben, Ihr Interesse an anderen Kulturen, weshalb Sie sogar Arabisch gelernt haben, wobei die – wenn auch weniger wahrscheinliche – Alternative Chinesisch gewesen wäre, die harte Arbeit, die es Sie gekostet hat, das zu erreichen, was Sie heute haben, … und sogar über Ihre Zukunft könnte ich ein paar Voraussagen treffen. Ich bin erst bis zum fünfundvierzigsten Lebensjahr gekommen, werde meine Berechnungen aber fortsetzen. Wenn Sie mir Ihre E-Mail-Adresse geben, schicke ich Ihnen die Ergebnisse nach und nach zu. Vielleicht sind sie Ihnen eine Hilfe.«

»Dann könnte ich den Lauf der Dinge ja beeinflussen.«

Isidro dachte nach. Dies warf schwerwiegende theoretische Fragen auf.

»Sie haben recht. Es kämen neue veränderliche Größen hinzu. Damit würde es fast unmöglich, irgendetwas vorherzusagen.«

Das Mädchen begann zu lachen.

»Wenn mein Bruder Ihr Leben gestohlen hat, wer hat ihm denn dann seines gestohlen?«

Auf diese Frage war der Professor nicht gefasst.

»Schwer zu sagen. Wollen Sie damit etwa andeuten, dass alle Leben im falschen Körper stecken könnten? Das wäre ein ernstes Problem. Obwohl die Gesetze der Thermodynamik ja besagen, dass alles zum Chaos strebt. Auf lange Sicht widersprechen sich alle Systeme selbst. Das ist unvermeidlich. Womöglich hat das Chaos schon einen Grad erreicht, bei dem die Grundregel, dass jeder sein eigenes Leben lebt, unwahrscheinlicher geworden ist als ihr Gegensatz, nämlich, dass jeder das Leben eines anderen lebt. Glauben Sie, so weit sind wir schon? Denn dann wäre meine Arbeit sinnlos. Indem wir den Lebenslauf eines Individuums X voraussagen, würden wir letztlich den des Individuums Z voraussagen …« Er sprang auf und steckte das Notizbuch ein. »Entschuldigen Sie mich, es war mir ein Vergnügen Sie kennenzulernen, aber ich muss das alles überdenken. Möglich, dass mir bei einigen grundsätzlichen Fragestellungen ein Irrtum unterlaufen ist …«

Ich habe viel Fantasie? Diese Geschichte ist nicht meine Erfindung. Die weibliche Hauptfigur hat sie mir vor ein paar Tagen selbst erzählt. In viel ironischerem Ton. Sie war überzeugt, sie und ihr Bruder hätten es mit einem Spinner zu tun gehabt. So wie sie ihn beschrieben hat, bin ich allerdings anderer Meinung. Mathematiker sind alle etwas wunderlich. Sie leben in einer eigenen Welt. Ich habe einmal im Radio von einem Nobelpreisträger gehört, der sich einfach nicht merken konnte, wann er seine Tochter von der Schule abholen musste. Er konnte Hunderte von Kommastellen der Zahl Pi auswendig hersagen, aber sein Kühlschrank war über und über mit Post-It-Zetteln beklebt, um ihn an seine häuslichen Pflichten zu erinnern. Kein Scherz. Diese Leute denken so abstrakt, dass ein konkreter Gedanke sie in die allergrößten Schwierigkeiten bringt. Daher das Klischee vom zerstreuten Professor.

Na schön, Lidia. Viel Spaß in Amsterdam. Ich bin fertig für heute und gehe jetzt heim. Morgen ist mein letzter Arbeitstag. Da wir uns ja nicht mehr sehen, nehme ich die Gelegenheit wahr und verabschiede mich jetzt schon von Ihnen …

Epilog

Guten Morgen, wen suchen Sie? Salvador Fuensanta? Das bin ich, womit kann ich dienen? … Was heißt, ich bin nicht Salvador Fuensanta? Er ist älter und nicht rothaarig? Vielleicht meinen Sie ja jemand anderen. Wie gesagt, ich bin Salvador Fuensanta. Was kann ich für Sie tun?

Ich habe Ihnen die Geschichte von Carlos Génova und der Gefälligkeitenbörse erzählt, und Sie wollen wissen, ob er zum Schluss stirbt oder nicht? Ach, an diese Geschichte erinnere ich mich gar nicht. Ist das schon lange her? Zwei Monate erst.

Na ja, zum Schluss, ganz zum Schluss wird er natürlich gerettet … wenn man schon glaubt, es müsse ein böses Ende nehmen, ist auf einmal überraschend alles anders … alles ganz anders und … Don Salvador war größer und hatte eine tiefere Stimme? Was ist denn mit meiner Stimme? Sie haben sie nicht so hell in Erinnerung?

Soll ich Ihnen nun das Ende der Geschichte erzählen oder nicht? Wie können Sie behaupten, ich hätte keine Ahnung, wie sie ausgeht?

Na gut. Sie haben recht. Ich weiß gar nicht, welche Geschichte Sie meinen.

Hören Sie, ich werde Ihnen die Wahrheit sagen. Ich heiße Marcelo Calvo. Salvador Fuensanta ist seit einigen Tagen im Ruhestand, und ich habe jetzt seine Stelle. Ich habe eine Menge Geschichten von ihm gelernt, aber ausgerechnet die, nach der Sie fragen, kenne ich nicht. Man hat sie wohl herausgenommen. Vermutlich war sie nicht sehr gut, und die Drehbuchautoren haben sie

durch eine interessantere ersetzt. Dann kann ich Ihnen nicht helfen.

Ich kann Ihnen die von der Frau erzählen, die ein Tagebuch findet und nachzuahmen beginnt, was sie liest, bis sie selbst zur Protagonistin dieses Tagebuchs wird. Ich glaube, diese Geschichte ist neu. Salvador Fuensanta kannte sie nicht, also kann er sie Ihnen nicht erzählt haben. Wollen Sie sie hören?

Sie verstehen kein Wort. Natürlich nicht.

Ich fange vorne an. Vor einem Monat sah ich ein Stellenangebot der Firma Profile GmbH und schickte meine Bewerbung hin. Ich wusste zwar nicht, worum es ging, aber sie verlangten eine Theaterausbildung, und darum wagte ich es. Ich bin nämlich Schauspieler, müssen Sie wissen. Oder, besser gesagt, ich war Schauspieler, denn ich habe schon lange keine Bühne mehr betreten, seit meiner Jugend nicht. Doch als ich die Anzeige sah, bekam ich Lust, mit den Gelegenheitsjobs Schluss zu machen und wieder zu spielen. Meine Frau meinte, ich sei viel zu alt, um noch groß rauszukommen. Aber ich hatte nie den Ehrgeiz, groß rauszukommen. Es hätte mir gereicht, mit der Schauspielerei meinen Lebensunterhalt bestreiten zu können.

Kurz darauf riefen sie mich an. Eine Dame mit einer sehr samtigen Stimme sagte mir, man habe meinen

Lebenslauf gesehen und würde mich gern persönlich kennenlernen. Ich erkundigte mich nach der Art der Arbeit, aber sie wollte mir vorab nichts verraten.

»Morgen wird man es Ihnen erklären. Ich habe dazu keine Befugnis.«

So ging ich also am nächsten Tag zur Profile GmbH. Die Dame an der Rezeption wies mich mit derselben Samtstimme und einem strahlenden Lächeln an, in einem Ledersessel zu warten. Neben mir saß ein junger Mann.

»Haben Sie auch ein Bewerbungsgespräch?«

Er nickte.

»Wissen Sie etwas über diesen Job? Niemand hat mich informiert.«

Der Junge lächelte.

»Mein Bruder bekommt ein Stipendium von dieser Firma und hat den Vorstellungstermin für mich arrangiert. Als was haben Sie sich denn beworben?«

»Wie meinen Sie das?«

»Als Drehbuchautor, Schauspieler, Regisseur, Stylist ...«

In diesem Augenblick öffnete sich eine Tür, und ein elegant gekleideter Mann erschien. Der Junge stand auf, verabschiedete sich mit einem schiefen Grinsen von mir und verschwand.

Zwanzig Minuten später kam er wieder heraus, und ich ging hinein.

»Setzen Sie sich. Mein Name ist Jerónimo Cavanes.«

»Ich bin Marcelo Calvo.«

»Ja, ich weiß. Wir haben uns Ihre Bewerbung angesehen. Obwohl wir, wenn ich offen sein darf, nicht so sehr wegen Ihres Lebenslaufs auf Sie aufmerksam wurden, der ja nicht gerade spektakulär ist, sondern wegen Ihres Alters. Es ist schwierig, Schauspieler in Ihrer

Altersklasse zu finden. Wenn ein Schauspieler auf die sechzig zugeht, ist er entweder überbeschäftigt, oder er hat die Schauspielerei längst aufgegeben. Wie ich sehe, haben Sie, auch wenn Sie schon lange nicht mehr aufgetreten sind, die Hoffnung noch nicht aufgegeben. Das hat uns gefallen.«

Er verstummte. Ich lächelte.

»Können Sie mir sagen, worin diese Arbeit genau besteht?«

»Zuerst möchte ich mich vergewissern, dass Sie dazu befähigt sind. Hier haben Sie einen Fragebogen. Ich möchte, dass Sie die Fragen so ehrlich wie möglich beantworten. Anschließend werden unsere Psychologen und Grafologen ihr Gutachten über Sie abgeben. Aber als Erstes erzählen Sie mir eine Geschichte. Wir müssen wissen, ob Sie gut erzählen können.«

»Ist es eine Stelle als Geschichtenerzähler?«

Er wirkte unschlüssig.

»Etwas in der Art.«

Werden Sie nicht ungeduldig.

Ja, ich bekam den Job. Ich habe ihm eine recht spaßige Geschichte aus meiner Jugend erzählt, und er schien zufrieden. Er sagte:

»Sie hören von uns.«

Und obwohl dieser Satz oft nur so dahingesagt wird, in diesem Fall entsprach es der Wahrheit. Tags darauf rief mich die Dame an und teilte mir mit, dass ich den Job hätte, wenn ich ihn wollte.

»Kommen Sie heute Nachmittag ins Büro, und man wird Sie über die Konditionen informieren.«

Also kehrte ich zurück in den Ledersessel und ins Büro von Señor Cavanes.

»Unser Expertenteam hat sich in seinem Gutachten sehr positiv über Sie geäußert. Sie erfüllen das Anforderungsprofil. Sie sind freundlich, lebhaft, unbefangen, lustig und, das Wichtigste, Sie können erzählen. Das größte Problem ist Ihre Haarfarbe. Die Menschen trauen Rothaarigen nicht. Nehmen Sie es nicht persönlich. Es gibt Marktstudien zu diesem Thema. Rothaarige wirken nicht vertrauenswürdig. Aber in Ihrem Fall sollte das, denke ich, kein Problem sein. Sie haben ein so sympathisches Gesicht.«

Ich dankte ihm und erkundigte mich noch einmal nach der Tätigkeit.

»Dann könnten Sie mir ja jetzt auch sagen, worin der Job besteht, nicht wahr?«

»Selbstverständlich. Die Grundidee ist eigentlich ganz einfach. Ich könnte Ihnen das Konzept erläutern, das in einem großen multinationalen Konzern auf der Basis einer Personalstudie entwickelt worden ist. Aber damit würde ich Sie nur langweilen, also werde ich es so einfach wie möglich zusammenfassen.

Unsere Firma ist darauf spezialisiert, geeignete Mitarbeiterprofile für unterschiedliche Anforderungen bereitzustellen: um das Betriebsklima zu verbessern, den Teamgeist einer Belegschaft zu stärken oder die Produktivität eines bestimmten Unternehmensbereichs zu steigern, zur Auflockerung wichtiger Anlässe und Tagungen, zur Kundenpflege und so weiter.

Ich werde Ihnen ein Beispiel nennen, das Ihnen vermutlich noch im Gedächtnis geblieben ist. Im Fernsehen wurde es seinerzeit endlos wiederholt. Erinnern Sie sich noch an das Gipfeltreffen vor einigen Monaten in Kairo? Es standen schwierige Verhandlungen bevor, und beide Parteien waren äußerst angespannt. Anspannung und Misstrauen sind der Verständigung nicht zuträglich. Darum schickten wir diese Dolmetscherin, die mit ihren nicht ganz korrekten Übersetzungen beide Staatsmänner zum Lachen brachte. Mit unbedarftem Lächeln gab sie Dinge von sich wie:

»Meinen Sie, ich hätte Chancen bei Ihnen«?

»Meinen Sie nicht, ein gemeinsamer Tanz könnte das wieder in Ordnung bringen«?

Die beiden Verhandlungspartner sahen einander an und konnten ein Schmunzeln nicht unterdrücken, das sich im Zuge weiterer feinsinniger Übersetzungsfehler nach und nach zu einem schallenden Gelächter entwickelte, sodass zwischen den beiden Politikern eine noch nie da gewesene Herzlichkeit entstand. Und alles nur dank einer etwas schusseligen Dolmetscherin, die außerdem hinreißend aussah. Denn wäre sie nicht bildhübsch gewesen, hätte sie womöglich den gegenteiligen Effekt erzielt und die beiden Gesprächspartner verärgert. Aber sie war der Typ Frau, dem Männer alles nachsehen. Sie wissen ja, wie einfach wir Männer gestrickt sind …

Das war ein Beispiel. Aber nicht dass Sie denken, wir arbeiten immer auf diesem Niveau. Normalerweise sind wir für Industrieunternehmen tätig. Eine Abteilung, der es an Schwung mangelt, bekommt plötzlich einen fleißigen, ehrgeizigen neuen *Mitarbeiter*, der den Arbeitsrhythmus wieder beschleunigt. Eine Firma mit schlechtem Betriebsklima muss den *Neffen* eines der Bosse ertragen, dem sein Onkel ein Pöstchen verschafft hat, einen wahren Nichtsnutz, dem es gelingt, alle anderen auf eine gemeinsame Aufgabe einzuschwören: ihn zu hassen.

Ich nehme an, Sie können sich in etwa ein Bild machen, worum es sich handelt. Wir studieren den Fall, suchen nach einem geeigneten Profil, bilden jemanden dafür aus und schicken ihn los, damit er das Problem löst.«

Es folgte ein zu langes Schweigen. Er erwartete, dass ich ihm eine Frage stellte, und ich hoffte, dass er fortfahren möge. Schließlich stellte ich die Frage.

»Und was für ein Profil haben Sie mir zugedacht?«

»Sie werden jemanden ersetzen. Ab und zu muss einer unserer Mitarbeiter ausscheiden, aus persönlichen Gründen oder weil es das Profil selbst erfordert, bedingt durch Lebensalter oder Veränderung der äußeren Erscheinung. Dann übernimmt ein neuer Mitarbeiter das Profil. In diesem Fall werden Sie eine reale Person ersetzen, keine von unseren Drehbuchautoren entworfene Figur. Sein Name ist Salvador Fuensanta, und er arbeitet als Reinigungskraft auf dem Flughafen. Er ist ein großartiger Mann, geht aber leider jetzt in Rente. Deshalb hat uns die Flughafenverwaltung angerufen. Sie werden seinen Posten übernehmen.

Seien Sie ganz unbesorgt. Don Salvador Fuensantas Rolle ist nicht auf Konflikte ausgerichtet. Er ist ein sympathischer, aufgeweckter Kerl, der zweierlei bewirkt: Zum einen stärkt er den Teamgeist unter den Flughafenangestellten, und zum anderen amüsiert er die Passagiere. Viele Leute reden von Don Salvador Fuensanta, dem kuriosen Putzmann und Geschichtenerzähler. Viele haben von ihm gehört und wollen ihn kennenlernen. Er ist so etwas wie eine kostenlose Attraktion. Besser als die meisten Profile, die wir erstellen, das versichere ich Ihnen. Die Natur übertrifft die Technik immer.

Und so kam es, dass ich einen Vertrag unterschrieb und mich in Don Salvador Fuensanta verwandelte.
Die Drehbuchautoren haben seine alten Geschichten überarbeitet. Einige haben sie gestrichen, weil sie anscheinend unter den Zuhörern nicht sehr beliebt waren, wie die von der Gefälligkeitenbörse, die Sie vorhin erwähnt haben. Andere wurden umgeschrieben, weil sie laut einer Studie der Abteilung für Geschlechtergleichstellung nur männliche Fantasien bedienten und Frauen zuweilen als reine Sexualobjekte behandelten. Deshalb haben sie für die Skripte jetzt zwei Autorinnen engagiert, und die sorgten dafür, dass in einigen der Geschichten, wie der von Domingo Millón, aus dem chauvinistischen Blickwinkel ein feministischer wurde. Jetzt ist es die Geschichte von Rosa Millón. Kennen Sie die Geschichte nicht? Leider kann ich sie Ihnen im Augenblick nicht erzählen. Ich muss mich wieder an die Arbeit machen.

Ob ich kehren muss? Hi, hi, aber natürlich. Ich bin ein guter Schauspieler. Wenn ich einen Putzmann spiele, muss ich auch sauber machen.

Sie würden gern wissen, ob es in Ihrer Firma einen falschen Mitarbeiter gibt? Wo arbeiten Sie denn? In einer Megadiskothek? Tja, keine Ahnung. Haben Sie einen großen, kräftigen Kollegen, der mit allen Kellnerinnen schläft? Auch mit denen, die nicht gut aussehen? Nun ja, wenn ich's mir recht überlege, ist das vermutlich ein Schauspieler. Ein typisches Profil. Die sexuelle Spannung, die er erzeugt, sorgt dafür, dass die Mädchen gern zur Arbeit kommen. Aber genau weiß ich es auch nicht, ich konzentriere mich auf meine Rolle. Ich studiere die Skripte, befolge die Ratschläge meines

Regisseurs: Gesten, Aussprache, Kleidung, … und wenn ich das Terminal betrete, schlüpfe ich in die Rolle von Don Salvador.

Der frühere Salvador? Ich weiß nicht, wo er ist. Ich habe hier drei Tage mit ihm zusammen verbracht. Er hat mir einige Geschichten erzählt. Ausgesprochen netter Mensch, nicht wahr?

Dann kam der Tag seiner Verabschiedung. Sie haben in der Cafeteria ein Fest für ihn veranstaltet und ihm eine gigantische Glückwunschkarte überreicht. Ich kannte ihn zwar kaum, aber ich habe auch unterschrieben.

Soweit ich gehört habe, hat ihm seine Firma ein Ticket nach Rom für zwei Personen geschenkt. Er hat die Frau vom Zeitungsladen mitgenommen. Er hatte schreckliche Angst, weil er noch nie geflogen war. Sie hakte sich bei ihm ein und sprach ihm Mut zu.

»Kommen Sie schon, Salvador, das kriegen Sie doch locker hin.«

Aber er schien nicht so sicher.

»Ich bin ein bisschen nervös, Señora Juana. Ich hätte nicht gedacht, dass ich auf meine alten Tage noch in ein Flugzeug steige. Aber es ist nie zu spät, heißt es nicht so? Es heißt auch, jetzt gehe das Leben erst richtig los. Womöglich stimmt das ja. Vielleicht ist alles andere nichts als die Vorbereitung auf diese letzten Jahre gewesen. Was weiß ich. Ich weiß gar nicht, was ich rede …

Sind Sie nicht aufgeregt? In ein paar Stunden werden wir uns gegenseitig vor dem Kolosseum fotografieren … Sie haben doch hoffentlich nicht eine von diesen modernen Kameras dabei, denn ich habe keine Ahnung, wie die funktionieren … Sie haben ein paar Einwegkameras aus dem Laden mitgenommen. Sehr gut. Die sind leichter zu bedienen, die sind wie die Fotoapparate von früher. Heutzutage mit so viel Technik finde ich nicht einmal mehr einen Fernsehkanal. Allmählich verliere ich den Anschluss … Ist ja gut, ich höre auf, von meinem Alter zu reden. Ich bin ein Mann in der Blüte seiner Jahre. Das Beste kommt erst noch!

Ich hoffe, meine Nichte hat mir neue Socken eingepackt.

Eine Frage: Fliegt so ein Flugzeug sehr hoch? Na klar, was für eine dumme Frage … ich meine, ist es wahr, dass die Leute aussehen wie Ameisen? Nein? Man sieht die Leute gar nicht mehr. Es sind die Häuser, die aussehen wie Ameisen. Oje, schon beim bloßen Gedanken wird mir schwindlig. Ein Glück, dass Sie bei mir sind. Wir fliegen über den Wolken? Das wird bestimmt schön, nicht wahr? Der Mensch kann einen Ausblick bewundern, wie ihn bislang nur einige Vögel genießen durften. Aber Sie wissen ja, wie es Ikarus ergangen ist. Kennen Sie Ikarus? Das ist eine sehr schöne Legende über einen Mann, der fliegen wollte. Er lebte mit seinem Vater zusammen. Beide gefangen im Labyrinth. Eines Tages kamen sie auf die Idee, sich Flügel aus Wachs und Federn zu basteln, um in die Freiheit zu fliegen, und Sie werden es nicht glauben, es klappte, also schwenkten sie die Arme und flogen aus dem Labyrinth hinaus. Doch ist die Geschichte damit nicht etwa zu Ende. In Wahrheit ist das erst der Anfang.«

Dank

Alejandra Garrido, ohne deren Hilfe einige dieser verrückten Geschichten nicht entstanden wären.

Und meiner Mutter, die seit meiner Schulzeit meine Manuskripte liest und mir das nötige Selbstvertrauen gegeben hat, weiterzumachen (und die außerdem ein ganz besonderes Faible für diesen Roman hat).

Originaltitel: Cosas que nunca ocurrirían en Tokio
Originalverlag: La otra orilla (Grupo Editorial Norma), Barcelona

FSC
Mix
Produktgruppe aus vorbildlich bewirtschafteten Wäldern und anderen kontrollierten Herkünften
Zert.-Nr. GFA-COC-001262
www.fsc.org
© 1996 Forest Stewardship Council

Verlagsgruppe Random House FSC-DEU-0100
Das für dieses Buch verwendete FSC-zertifizierte Papier *EOS* liefert Salzer Papier, St. Pölten, Austria.

2. Auflage 2010

Innenillustrationen: © Anja Filler, München
Typografie und Satz: DVA / Brigitte Müller
Gesetzt aus der Meridien
Druck und Bindung: Friedrich Pustet KG, Regensburg
Printed in Germany
ISBN 978-3-421-04448-8

www.dva.de